獵財筆記

月關 著

之8 大浪淘沙

大結局

目錄

第一章 近在眼前的大小姐 005
第二章 小助理的真面目 037
第三章 婚姻遊戲 063
第四章 姐姐的情人是自己的戀人 083
第五章 驟然結束的愛 109
第六章 追回自己的女人 137
第七章 世上最古怪的夫妻 157
第八章 財產轉移 181
第九章 讓神也失足的長遠部署 193
第十章 命運的棋子 217
搶先試閱 財神門徒 275

第一章

近在眼前的大小姐

「陽曆年馬上就到了，我準備年後就公佈與大小姐的『戀情』和婚事，

你看，是不是安排那位還在天外的大小姐儘快出現在我的面前？

如果我們婚前從來沒有在公眾場合同進同出過，

很容易引起別人的疑心，你說是麼？」

張勝話語間，毫不掩飾對那位對家族事宜不盡忠的大小姐的厭惡感。

「哦！」羅先生看看旁邊的洛菲，打個哈哈：

「這個……那是，呵呵，那麼，明天……我和大小姐通個話，嗯……」

第二天早上，張勝起床在樓下健身房做了一番運動，又出門在林蔭道上慢跑了一圈，回來後沐浴一番，清清爽爽地進了餐廳。

「小菲呢，還沒起床嗎？去喊她。」張勝一進餐廳，見洛菲沒有出現，隨口吩咐道。

「是！」負責侍候早餐的傭人還沒出去，洛菲就走進來了。

今天她要飛回東北，看她的裝扮，已經收拾好了。

張勝看了她一眼，不禁眼前一亮，訝然道：「你今天的打扮……」

「怎麼了？」洛菲臉蛋微紅，有些忸怩。

「很有女人味！」張勝贊道：「是準備回家見未婚夫才打扮成這樣的吧？嗯，漂亮，很漂亮，你平時就該這麼打扮的。」

洛菲穿著一套靛青色的女性套裝，雖然還是有點兒傾向於中性，但是剪裁得體的衣裙非常合適，上衣領口內潔白的內襯是緋邊的，襯得她小小的瓜子臉兒就像一朵潔白的梨花，氣質清新靈動，尤其嫣然一笑時，唇紅齒白，被這靛青色的套裝襯得更加明媚。

她的小腰很細，大概只有一尺六七的樣子，於是胸脯的弧度曲線也明顯起來，整個人顯得非常精神。她還是頭一回佩戴首飾，那兩隻小元寶似的耳朵上帶著兩隻小小的珍珠耳環，隨動搖曳，讓那清秀伶俐的臉蛋兒也生動起來。

她的骨架面相本來就不像北方女孩，現在這樣一打扮，那嬌小玲瓏的身段兒，秀秀氣氣的臉蛋兒，看起來就像一枚香扇墜兒般的雅致。

「好了，趕快吃飯，一會我送你去機場。」洛菲正美滋滋地等他再讚美兩句，不料張勝低頭看看錶，馬上便對她小小的自尊心予以了無情的打擊。

洛菲立刻沮喪地坐下，看看對面那位似乎對白粥比對她更有興趣的張大老爺，感覺他方才的讚美似乎也是敷衍了事。她端起碗，拿起湯匙，在心底輕輕歎了口氣：「唉，失敗，真是失敗……」

張勝卻沒看出她有心事，吃完早餐，親自開車送她去寶安國際機場。羅先生不放心，儘管張勝根本不認為徐海生這條過江龍敢在深圳幹出太出格的事來，他還是讓兩個保鏢開著另一輛車尾隨了上去。

這一路倒是順風順水，沒什麼事情，張勝把洛菲送到機場，還幫她買了一堆送給家裏七大姑八大姨的禮品，看著她進了安檢門，這才返回別墅。

今天周日，他要過問一下對鄭州期貨的操作準備情況，然後，摩洛哥的侯賽因先生將趕赴深圳與他會面，洽談工作。張勝對侯賽因進行全面調查後，確認他的身分真實無誤，便召集自己的智囊團，對他的投資計畫進行了認真分析。

在此之後他還請來一位在澳門賭場做過多年管事，退休後在深圳頤養天年的博彩通，請他做參謀，向他詢問了許多開賭場的事情，在此基礎上，張勝判斷認為侯賽因的計畫可行性達到八成，如果能夠完全實現他的經營方略，一年回本只是保守估計，可能還會有盈餘。

於是張勝決定立即與他合作，聘請深圳海博國際律師事務所全面代理操作相關事宜，處理相關法律文件，目前他們雙方合作的公司已經註冊成立，對方的資金也已經到位，張勝把屬於自己的那百分之十的美元也直接轉入了與侯賽因合作的中非合資博彩公司。

此外，他在國內進行期貨、股票、權證、黃金炒作以及國際經貿等產業的收入直接與文哥的資產對抵，這邊盈利多少，那邊就直接扣出來多少，轉到屬於他的博彩公司去。這樣既減少了漂白過程中的消耗，也增加了安全性。

今天，是他與侯賽因的一次定期會晤，商討一下前期運作和籌備工作。下午，他要與一位分管經濟工作的副市長見面，晚上還要和裘老闆碰頭，向他的境外合作夥伴轉過去五百萬美元，然後由他的地下錢莊轉移回來。這一天的日程安排著實緊張。

此時，徐海生正在拜會當地商界的一些頭面人物和政府主管部門的相關領導。他這次是有備而來，通過他在上海的合作夥伴，已經與深圳的一些頭面人物建立了聯繫，此次趕來，就是為了拜會他們，為他今後進駐深圳鋪路。

昨日上海徐氏投資老總一擲億萬購國寶的消息已經見報，不止深圳，就是港澳方面的報紙也登載了這條消息，許多人都聽說了這位一擲上億的超級富豪的名字，無形中為他打響了知名度。名片一遞上去，無論政界、商界，倒沒一個人敢小覷了他，這也算是失之桑榆，收之東隅吧。

「容秘書長，在上海時，我就聽可仁兄提起過您的大名，這次來深圳，特來拜會。」他說的可仁兄也是一位商界能人，和這位容秘書長是同學。聽到老同學的名字，容秘書長不苟言笑的表情變得柔和了一些。

徐海生笑道：「我準備在深圳建一家投資分公司，到時可能還要麻煩到容秘書長，今天晚上我安排了一個簡單的飯局，邀請了幾位深圳本地的朋友，希望容秘書長也能賞光，如果您大駕光臨，徐海生榮幸之至。」

容秘書長微微皺了皺眉：「徐先生來深圳，對本地經濟的發展是做貢獻嘛，我本人對此表示歡迎，如果有什麼困難，應該由我們政府方面來解決的，我們會一力承擔的，吃飯就不必了吧。」

「容秘書長……」徐海生知道這個人不好對付，官能做到這一步的，誰沒有幾分城府，豈是幾句恭維的話就能收買得了的？送禮那更不可能了，雖有他的老同學當敲門磚，也不能腦殘到送禮呀。

他一個外地人，要和已在當地紮下根基、有一些人追隨的張勝鬥，哪能沒有幾個可以依靠的人？可是這次在深圳逗留的時間有限，沒有那麼長的時間和容秘書長交流感情，徐海生思索著，正想著怎麼委婉地再邀請一番，一個年約十六七歲，穿著白色網球裝的女孩風風火火地跑進了客廳。

「爸爸，買到洛笙寒演唱會的門票了麼？」

女孩也不管徐海生在場，便興沖沖地問道。容秘書長面有難色：「哎呀，你這丫頭，我有客人，你先出去吧。」

「爸，你先告訴我嘛，買到票沒有呀，她可只在香港演一場，明天一早就回台灣了。」女孩急得直跺腳。

容秘書長苦笑道：「我已經讓陳秘書去辦了，不過還沒有消息。香港那邊的觀眾早在一個星期前就把票訂光了，你昨晚才告訴我，我哪有辦法給你搞到票？」

女孩一聽，眼睛裏就溢出了淚水，她氣得跺腳道：「我就知道，我的事你從來不關心，讓你幫著買張票你都辦不成，你還能做什麼？」

容秘書長當著客人被女兒數落，有些放不下面子，臉色頓時難看起來：「你這孩子，對爸爸怎麼這麼說話，給我出去。追星追得神魂顛倒，太不像話了，不就是一個唱歌的嗎！」

「唱歌的怎麼啦？人家是大明星，港、澳、台，還有大陸，誰不知道她的大名？你能比嗎？」一聽爸爸貶低她心目中的明星，女孩立即面紅耳赤地爭辯起來。

容秘書長氣得臉色鐵青，當著客人的面又不便教訓女兒。

徐海生把一切盡收眼底，洛笙塞？徐海生也聽過她的歌，還看過她演的電影，她最初是一名模特兒，因為姿色出眾，很快走紅，一躍成為台灣第一美女，此後便開始涉足影視圈，拍了不少電影、電視劇，成了玉女明星。演而優則唱，現在又開起個唱，擁有相當多粉絲。

徐海生見父女二人相爭不下，忽然哈哈一笑，站起來道：「這位就是容秘書長家的大小姐了吧？哈哈，真是位漂亮姑娘，性情也這麼爽直。」

那女孩白了他一眼，沒搭理他。

徐海生不以為忤，又笑道：「容小姐很喜歡洛笙寒？」

「關你什麼事？」

容秘書長怒道：「怎麼跟客人說話呢？」

「他是你的客人，又不是我的客人。」

徐海生連忙打斷父女二人的爭吵，笑道：「洛笙寒洛小姐嘛，是我的朋友，巧得很，我下午請了她吃飯，容小姐這麼喜歡她，不如一起來吧。」

「什麼？」一聽可以和自己心目中最崇拜的大明星同桌吃飯，那女孩歡喜得傻了，好半天才清醒過來，她歡呼一聲，忘形地衝上去，一把握住徐海生的手，結結巴巴地問：「你……你能請到洛笙寒小姐吃飯？我真的可以去嗎？」

「當然。」徐海生微笑著看了容秘書長一眼：「如果你不方便一個人去，可以請令尊大人同去嘛。」

容秘書長還沒說話，容小姐就小雞啄米似的連連點頭：「好好好，我和爸爸一起去，一起去，要去哪裏能見到洛小姐？」

徐海生微微一笑：「這樣吧，下午我派車來接你和容秘書長。呵呵，容小姐不但能和洛大明星同桌吃飯，也許她還會贈送你一張演唱會的貴賓票呢。」

容小姐心花怒放，激動得臉色通紅，連連點頭，連連道謝。

徐海生這才對面露苦笑的容秘書長欠身笑笑：「既然這樣，容秘書長，那我就告辭了，咱們下午見吧。」

一上車，徐海生就撥通了一個號碼：「敬軒兄，我是海生啊，對，我現在在深圳，記得你說過，你和香港影藝圈的曾先生很熟？」

「對對，把他的號碼給我，嗯，我提你的名字，他會放心吧？……那就好。什麼？不不不，我這次出遊，帶著一位可心可意的美人兒呢，哈哈，是找他幫忙聯繫一個女星，不過和你想的可不是一碼事。」

兩個人說笑了幾句，徐海生掛斷電話，按照朋友告訴他的號碼，撥了過去，電話接通，傳出一個公鴨嗓子。徐海生說明了他的身分，提到了他在上海的那位朋友，對面的曾先生熱情起來：「原來是徐先生，久仰久仰，今天的報紙上我還看到了徐先生的大名，一擲億元購寶劍，大手筆、大手筆呀。」

兩個人客套一番，徐海生壓低了些聲調：「曾先生，香港演藝圈裏，你的人脈最廣，有件事我想拜託你呀，我想今天下午請洛笙寒小姐來吃頓飯，你看可以嗎？」

電話裏傳出一陣沙啞的笑聲：「徐先生，吃飯有吃飯的價碼，你……」

「哦，這個我知道，聽敬軒兄提起過。您看，能不能幫著促成這件事呢？」

「哈哈，這樣吧，我馬上聯繫一下，你等我的消息。」

「好！麻煩曾先生了。」

電話掛斷，半個多小時後，徐海生已經回到酒店，香港曾先生的電話到了：「徐先生，洛小姐也聽說過您的大名，非常仰慕啊，很希望能有機會與您見面。不過，她今晚要開個唱，這是她首次在香港開個唱，很重視啊，這一來一回，時間上怕來不及，你看，你可不可以過來，在這裏設宴呢？」

徐海生道：「曾先生，辦一個港澳通行證得兩周時間，我的證件還沒辦下來呀。最重要的是，我邀請的人裏有幾位是政府官員，不方便過去呀。」

「哎呀，這就有點難辦了。徐先生，不是兄弟不肯賣力，如果換個時間，只要你徐先生開了金口，洛小姐一定會欣然赴約的，可是今天她個唱，她是演藝人士嘛，靠這個行當吃飯的，個唱要是開砸了，那是多大影響？我想，她是不會出來的，她的經紀人也不會允許嘛，還望徐先生能夠理解。」

徐海生也苦笑起來，他今天不是開了金口，而是誇了海口，他知道行情的，請這種一線女明星吃飯大約需要六十萬港幣。要賺大錢就要捨得投入，所以他一點兒都沒有猶豫。只是當時沒有想到她晚上準備個唱，時間是否充裕的問題，現在請不到人那怎麼辦。

徐海生舉著電話，轉身望著窗外，心裏有些焦躁，忽然，他靈機一動，說道：「曾先生，麻煩你再聯繫一下，我以我的信譽保證，絕不耽誤她晚上的演出。」

深圳地王大廈，亞洲第一高樓，身居世界十大建築之列。

張勝、羅先生等一些人正與分管經濟工作的副市長在一起吃飯。席間偶然談起當地的幾家上市公司，這位孟副市長頭痛不已地道：「最慘的就是凱旋股份，凱旋原來是一家軍隊企業，從軍隊剝離變成地方企業後業績還是不錯的，誰知道上市後反而連年虧損。」

「它是我們本地的上市企業嘛，考慮到地方形象和大批員工的就業問題，政府是東挪西借地幫他們堵窟窿啊，要不然早被證監會摘牌了。可俗話說幫急不幫窮啊，總這樣也不是辦法。這家企業掛靠的下屬公司當中，還有一家承擔著隨軍家屬的就業安置工作，包括一些香港駐軍的家屬都在這家企業工作，又不能讓它倒了，棘手啊。」

他說到這兒看了張勝一眼，突發奇想，半開玩笑半認真地說：「張總，聽說你現在在資本市場上賺了大錢，有心搞些實業，目前已經開了一家國際貿易公司，生意紅火得很吶，不如，把這家公司也買下來吧，憑你的經營水準，一定能妙手回春，把這家企業做活，也幫政府、幫當地百姓、幫駐軍官兵解決了一個後顧之憂啊。」

張勝淡淡一笑，他炒作股票，對這家企業是做過瞭解的，這家凱旋股份現在生產經營很糟糕，這家公司當初就是這位副市長牽頭主持、包裝上市的，是他上位的一件顯著功績，正因為這個原因，他才千方百計地維持這家公司的運轉，不想讓它倒閉，所以現在明知道窟窿越來越大，也不得不硬著頭皮填下去。

如今他勢如騎虎，想換我來嗎？張勝剛想婉言拒絕，突然靈光一閃，想到了一個主意，於是到了嘴邊的話又咽了下去。他夾起一片海參，細細地咀嚼一番，然後抬起頭，向這位副市長淡淡一笑：「您孟市長開了金口，在下敢不從命？不過，一家身價數億的上市企業，又虧損得快要摘牌了，不好辦吶，這家凱旋……可否容我先考慮一下？」

羅先生急忙在桌下偷偷踩了張勝一腳，張勝只作不知。

孟副市長一聽又驚又喜，他本來是半開玩笑，這個賠錢而且是賠大錢的無底洞，真讓人家接下了確實有點兒強人所難了，想不到張勝居然有答應的意思。

孟副市長非常歡喜，他連忙舉杯，發自內心地說：「可以，當然可以，張總，希望你能好好考慮一下。如果你能接手凱旋，有什麼困難儘管提出來，我一定盡最大可能予以幫助。張總，我先代表凱旋全體員工向你表示感謝了！」

「市長大人，在下受寵若驚啊！」張勝笑吟吟舉杯，陽光照射，杯裏光芒四射，就像十足的真金。他仰起頭，一口把這金色的酒液吞了下去……

此時落地長窗外湛藍如洗，空中正有一架直升機迎面飛過，消失在張勝的視線之外。

直升機落到了地王大廈六十九層之上的停機坪上，先跳下來一個矮胖的先生，然後是一個穿風衣、戴墨鏡、頭上還扣著線帽的高挑女子，她包裹得太過嚴密，能讓人看到的，只有一張嫣紅的小嘴和少部分嬌嫩雪白的肌膚。

徐海生、容秘書長一行人熱情地迎了上去。

徐海生沒有誇海口，他聯繫了一架直升機，用以接送這位玉女明星往返於香港和深圳，自不會耽誤她當晚的演唱會。

千金一擲，美人應約而來……

夜晚，張勝從裘老闆那兒回來，立刻先趕到羅先生家的別墅。地下操控室內，還有兩三個人在分析著資料。

「張先生，老姚那兒有點特別的消息傳回來。」一見張勝，周唯智便起身稟告。

「什麼事？」

「很奇怪，我們在當地動用資金控制現貨市場時，發現有人和我們一樣在大量買進。老姚起了疑心，找到他準備開戶的那家期貨公司老總，請他吃飯時問出些消息，最近幾天，那位期貨老總的公司接連有人開立期貨帳戶，老姚套出其中兩個人的名字並進行了調查。」

「這兩個人住在金龍酒店，和那裏兩個很漂亮的小姐過往甚密，老姚今天下午把那兩個小姐釣出來玩了一回，從她們嘴裏套出了那些人的身分，他們全都來自上海，老姚覺得，這事兒該告訴你，你看，我們的計畫要不要改變？」

張勝微微蹙起眉頭，在房間裏慢慢踱起了步，他解開西裝上衣，拉鬆了領帶，坐在椅子上點著一支煙，沉吟良久，緩緩道：「看來，英雄所見略同，有人和我們一樣，也在打鄭州期貨的主意。」

「嗯，應該是這樣沒錯了。」

「問題是，他們要做多還是做空？」

張勝和周唯智四目相對。

周唯智道：「如果做多，那就是盟友，他們的目標也是當地的那些土包子。如果是做空，那麼很有可能是察覺了我們進場的資訊，聯繫當地炒家想打我們一場漂亮的伏擊戰。」

張勝想了想，說道：「打我們的主意，不可能。我們昨天才決定動手，而他們的開戶日期，比我們還早著幾天，如果他們有這種預見，那豈不是比諸葛亮還厲害？都能未卜先知了，還何必在那兒小打小鬧，乾脆殺出國門得了。」

羅先生插嘴道：「那麼，你的意思是，他們和我們是一路的？」

張勝緩緩點頭：「嗯！這個可能是最大的。」

羅先生喜形於色，笑道：「這一來，我們的把握就更大了，有了一個強大的幫手，這一仗一定打得空頭落花流水。」

張勝搖頭一笑，道：「期貨市場就好比春秋戰國，許多集團在這個戰場上為了自己的利益你砍我殺。這些人中，強者如春秋五霸、戰國七雄，而弱者如各城邦小國，牆頭草般在夾縫中求生存。各種勢力之間分分合合再正常不過，談不上什麼道義。」

「所以，這條過江龍有可能是我們的戰友，也有可能臨陣倒戈，成為我們的敵人。敗一次，就有可能橫死烏江啊！小心無大錯，我們的計畫要做些變動，現貨市場我們放棄控制，以免打草驚蛇，或者被這條過江的強龍發覺，我們靜靜伺候，看準時機再突然殺進去。」

「好，我馬上通知老姚。」

「嗯，告訴他，聞鼓則進，雖刀槍加頸而不退；鳴金則退，雖金銀滿地而莫停！」

「是！」

羅先生匆匆抓起了電話，張勝則陷入沉思當中：「這條上海來的過江強龍，會是何方高人呢？」

徐海生站在地王大廈六十九層的天台停機坪上，雙手揣在風衣裏，瀟灑而立。

天邊亮起兩顆星辰，越來越亮，越來越近，隱隱傳來風雷之聲，那是一部直升機。

徐海生的嘴角露出一絲笑容，又向前走了兩步。

今天下午的宴會非常成功，他想邀請的各界能人濟濟一堂，尤其是台灣玉女明星洛小姐的出現，更令氣氛空前高漲。洛小姐很會說話，把氣氛搞得很活躍，賓主盡歡，令徐海生很是滿意。

徐海生早知道這位洛小姐是位絕色尤物，可是直到見到真人，才發現這位大美人是如何活色生香。台灣美女同香港美女大不相同，香港美女都市氣重一些，無論是在影視片中，還是在日常生活中，都帶著一點兒冷俏。而台灣美女不同，她們很有親和力，無論是上台演出，還是日常交往，很有生活氣息。

徐海生被她打動了，六十萬的赴宴費他都拿了，自然捨得再花四百萬，同這名滿天下的伶人共赴巫山，春宵一度。於是，這位大明星在演出結束後，便又乘機再次趕來。

這位身高一米七四的台灣美人洛笙寒小姐，身材相貌，絕頂一流。當年她以模特兒身分做了第一部廣告，一炮而紅，名滿寶島，其美色令不少富商為之垂涎。剛剛進入影視界，她便和一位娛樂天王傳出緋聞，隨後被一位電子大亨包養。

此後，隨著名氣越來越大，她侍候的政要名流也越換越多，身價自然也越來越高。

徐海生在地王大廈租了一間豪華套房，作為他與笙寒小姐今晚的幽會地點。

在這裏，這位名震兩岸三地的知名影星、萬人景仰的玉女偶像、無數男人的夢中情人，將被他撕下尊貴的晚禮服，扯掉代表貞潔的白紗裙，在臥室裏、浴缸內、客廳中央的沙發上、秋風習習一輪明月的陽台上，一絲不掛、仰臥翹爬，像個最淫蕩最下賤最粗俗的妓女一樣任他恣意享用。

有些明星，是窮人的明星，富人的婊子，她們不見得就比夜總會的婊子更漂亮、更性感、更會服侍人，她們貴在身價，高不可攀的身價，無數男人欲一求芳澤而不能的身價！

而他徐海生不但得到了這個女人，而且能讓這個無數男人恨不得跪下來吻她腳趾的玉女跪下來吻他的腳，以恭順迎合的態度討他的歡心。

這就是他要實現的價值，一種凌駕於大多數男人之上的快感。

人生得意須盡歡，莫使金樽空對月，這就是徐海生的人生信條。

天上，正有一輪明月，明月的光影中，那架直升機就像一隻蜻蜓，翩躚而來。徐海生望月舉手，如舉金樽，臉上帶著一種優越的笑容……

此後幾天，張勝一面派人留意徐海生在深圳的舉動，一面抽空去了趟澳門，和侯賽因先生考察當地市場和地理環境，研究投資計畫的細節，並再次拜會有關人士，聯絡感情，為明年初各路豪傑殺進澳門謀求一個強有力的幫手奠定基礎。

裘老闆不負眾望，張勝的五百萬美元在他的運作之下，半個月的工夫，就合理合法、毫無破綻地出現在張勝的戶頭上。張勝也不負裘老闆所望，又是一千五百萬打進了他在境外的帳戶，裘老闆興頭十足地繼續玩起轉錢遊戲來。

鄭州那筆期貨買賣張勝大賺了一筆，他的人及時發現另有人也在打鄭州期貨的主意，於是從主戰變成了偷襲，悄然部署兵力，直到確認了那條強龍的陣營和規模，這才不聲不響進場掃貨。

上海那夥人在當地幾家機構毫無察覺的情況下動手了，尤其他們事先控制了現貨市場，於是奇襲一開始，就打了對方一個措手不及。更慘的是，在他們發動的同時，老姚事先埋好的雷也炸了。兩大高手雙劍合璧，一下子就把對方打懵了。

勝利來得就是這麼容易，這是當地的土包子們第一次繳納這麼大的一筆學費。因為虧損嚴重，機構的幾個老總全部下馬，幾個糧食局長流放荒野，易地安置。

張勝一戰而退，這時上海那撥人也發現有人在鄭州期貨上打了伏擊，幸虧是和他們站在一邊的，否則後果不堪設想，饒是如此，也把他們嚇出一身冷汗。只是張勝來得隱秘，退得迅速，他們只知道是來自南邊，卻不知是哪一路人馬。

張勝功成身退後，便開始研究接手凱旋企業的事，由於這家企業有不少駐港部隊軍官家屬在此就業，秘密收到消息的軍方派了一位邱中校同張勝見了面，希望他在接收這家上市公司的時候，能夠充分考慮到軍人家屬的就業對於駐軍官兵的影響。

張勝對此滿口允諾，答應接手凱旋公司後一定妥善安排軍屬員工，絕不讓一人失業。張勝的坦率和熱誠給邱中校留下了很深的印象，兩人在交往中建立了很親密的交情。

洛菲對此很不理解，私下對張勝說：「你現在可是億萬富翁，他不過是個當兵的，而且只是中校軍銜，你何必如此禮遇、曲意結交呢？」

「你懂什麼？」張勝教訓道，「人脈就是錢脈，關係就是實力。他雖只是個中校，但能代表軍方前來接洽，說明還是有些分量的。廣結善緣，朋友遍天下，總不是壞事吧？人是社會動物，有誰能脫離別人的幫助，完全憑一己之力成功？古往今來的成功人士，哪個身邊沒有一群能人相助？古往今來的能人，哪個不是受了別人的重用才體現出他的價值？人的價值，就是在互動之中體現的。況且重組企業的人員安置問題本就是在我的重組計畫之中，我不過是送了個順水人情而已，何樂而不為呢？」

洛菲發了半天怔，問道：「這就是你在ＭＢＡ企業家培訓班學到的東西？」

「然也。」

洛菲感慨道：「唉，男人……活得真累……」

張勝也歎了口氣：「沒辦法啊，吃不窮、穿不窮，算計不到就受窮……」

張勝同意接收凱旋公司，同意妥善安置軍屬，當然也不是沒有條件的。作為交換條件，他首先要求對凱旋公司進行債務剝離，並向市政府和駐軍提出了一個要求，整件事必須絕對保密，在公司正式易手之前，不得向外透露半點兒消息，一旦有消息外泄的情況發生，他將立即中止重組活動，兩方面自然也是滿口答應。

隨後，張勝重金聘請了幾位在兼併重組方面經驗極為豐富的資深註冊會計師，在他的豪華別墅秘密辦公。這些人需要的一切生活必需品，他都提供最好的，唯一的條件就是這件事辦完之前不得離開這幢別墅，不得與外界取得任何聯繫，為此，他連電話線都切斷了。

張勝平時不太注意個人安全，這一次卻聘用了八位保鏢，日夜在他的別墅裏巡邏，外不得進，內不得出，連米麵菜油都由專人送到樓下，不時有些當地的政界要人還會來到別墅。短短一個半月，光是應酬費就花了一百多萬，誰也不知道他和這些會計師們到底在幹什麼。

因為樓上住了一群大男人，洛菲從東北回來後也暫時搬到了旁邊羅先生的別墅去住，把樓上的空間完全讓給了這幾位會計師。

這期間，徐海生已經離開深圳去了香港，然後由香港轉機去歐洲旅遊了。

不久之後，圈子裏流傳開一個故事，張勝也從別人口中聽說了。

這件事和他還有點兒關係，說的就是鄭州期貨的事。他從鄭州凱旋之後，那條神秘的過江龍也離開了。不過那夥人只離開了一個月，等當地搞期貨的幾家機構頭頭腦腦都換了人，剛剛恢復了點兒元氣，那夥上海客突然又殺了個回馬槍，想出其不意，故技重施，再大撈一筆。

不料這一次他們卻中了陷阱，他們剛剛開滿倉單，還沒等發動，不利於他們的傳言便立刻遍佈整個市場。同他們上次洗劫鄭州期貨一樣的手法，也是有預謀、有準備的一場閃電戰，只不過這一次主客易位，鄭州土包子把上海客伏擊了。

那夥上海客虧得吐血，不但上次賺的錢全吐出來了，還倒搭進去幾個億。這件事在資本市場上傳開後，眾說紛紜，據市場消息靈通人士說，這事不只是一場期貨大戰，內中另有緣由。鄭州期貨那幾家機構後面有位大老闆是太子黨。鄭州一戰，他的人馬被打得丟盔卸甲，讓他惱羞成怒。經過暗中調查，他發現打了這場很漂亮的伏擊戰的主謀者來自上海，立即敏感地以為是政治上的勢力角逐延伸到了經濟領域，這是上海方面有意給他一個教訓。

心高氣傲的他怎肯甘休，立即從京裏調了一位高人去鄭州主持大局，想找回場子。偏偏上海那幫人食髓知味，再度殺進了鄭州期貨。這一來正合他意，那位高人順水推舟，請君入甕，用同樣的手法打了場漂亮的伏擊戰，殺得上海客落花流水，為他的幕後大老闆找回了面子，雙方因此結下了樑子。

張勝聞言暗自慶幸，如果他也貪得無厭、輕視對手，恐怕在鄭州也得栽個大跟頭了。

「無論什麼時候，不要輕視你的敵人，哪怕你有再多輕視他的理由。」這是張勝從這件事上總結出的經驗。

「很抱歉啊，諸位。平安夜還得有勞諸位在此操勞。」張勝一上樓，便滿臉笑容連連拖拳作揖。

後邊跟著兩個傭人，手裏捧著一個托盤，張勝道：「我給幾位買了點小小禮物，不成敬意，還請收下。」

兩個傭人捧著托盤，依次走到那幾個註冊會計師面前，托盤裏分別是幾個小盒子，看起來都不大。張勝請他們每人拿下兩個小盒子。

有個會計師手快，先打開了第一個盒子，一隻勞力士金錶靜靜地躺在盒子裏面，閃著高貴優雅的光芒，令他目光一亮。第二個不用看了，不管是什麼東西，相信其價值不會在第一個之下。

張勝搓搓手，笑道：「各位家裏，我也以你們幾位的名義寄回了一份禮物，各位為我張勝在此盡心竭力，權當我至誠感謝的一番心意吧。」

「張總，您太客氣了。」幾位會計師非常滿意，急忙推開身前一大堆資料起身致謝。

「應該的，應該的，凱旋的事，我可全委託給幾位了。」張勝笑笑，「明晚，羅先生會找幾位知情識趣、相貌可人的小姐，陪幾位先生開個Party，大家放鬆一下。」

幾位高級會計師聞言，都露出了會心的笑容。

這時，張勝的手機響了，他接了個電話，對幾位會計師道：「那好，就這樣，幾位忙著，我先下去了。」

張勝匆匆下了樓，直接從院子裏的角門走進了旁邊的羅先生家。在院子裏就能看到大廳裏閃燈、射燈、彩燈，交織出一副燈光迷離的舞廳情相。門口兩棵聖誕樹上，一顆顆小星星閃爍著明滅相間的光。

走到門口，節奏強烈的舞曲便撲面而來，羅先生迎出門來，笑道：「就差你了，喂，你要打扮成什麼樣子啊，今晚可是化裝舞會，大奇公司的牛總都化妝成印第安酋長了，你總不成西裝革履地進去吧？」

「嗨，我對這西洋玩意兒根本沒興趣，沒辦法，就是來應付一下，」張勝笑著說，他看看松樹上掛著一個蝙蝠俠的頭盔遮面罩，便順手摘下來往頭上一套，咧嘴笑道：「少了件披風，不過還過得去，走吧。」

大廳裏，節奏強烈、優美動聽的旋律在人們耳畔迴響，許多男男女女都穿著形形色色的衣裳，在大廳裏舞蹈歡笑。張勝戴著蝙蝠俠面具，昂首挺胸，頗具布魯斯．韋恩的風采。

他沒跳舞，而是穿過舞蹈的人群，走到通往地下操控室的地方，那兒臨時放了張披著白餐巾的長桌子，桌上擺著西餐、水果和美酒，以防有客人誤入。

張勝拿起一杯酒，靠著牆壁站著，一邊呷著酒，一邊微笑著看大家狂歡。

今天來的都是張勝的朋友，深圳富豪俱樂部裏有頭有臉的人物，他們攜來的女伴個個姿色不俗，現在她們都化著妝，看不清臉，身上的穿著也有些誇張，不過肢體的妖嬈動人還是感覺得出。

忽然，他注意到一個女孩迷人的舞姿。

那女孩緊身皮夾克、緊身皮褲，腰間一條金屬鏈子，頭上戴了一個俏皮的貓女眼罩，下邊露出一張宜喜宜嗔的小嘴來。

她正在跳舞，電臀熱舞，那纖細的驚人的小蠻腰如蛇為骨，扭出誇張的曲線、迷人的韻律。人有點兒瘦，不過電臀狂篩，熱力四射，狂放的激情充滿了性感的味道，完全彌補了這些許不足。

臀部，是女人的第二張臉，有時，甚至比上面那張臉更重要，比如，在男人想到性時。

張勝被她那得天獨厚的翹臀給迷住了，燈光閃爍，使人的目光無法一直注視在那狂熱扭擺的臀部上，更為它增添了幾分吸引力。

女孩的屁股不大，但是渾圓完美，由於那小蠻腰的驚人纖細，臀部在黑色質感閃著油亮光芒的皮褲裏就有了種沉甸甸的質感，真有種增之一分則太肥，減之一分則太少的感覺。

完美的臀部勾勒出恰到好處的曲線，那力度、美感，顛篩的動作，電力十足，對男人擁有絕對的殺傷力，她腦後的一束長髮也隨著極具功底的舞蹈動作飛揚著青春和活力。

「真是個不錯的小美人兒……」

張勝又呷了口酒，瞄著她令人目眩的電臀：「不知道是哪個老色鬼領來的女孩，跳舞的姿勢挺在行的，也許是個正規舞蹈學校的在校生呢……」

洛菲開心地扭著小蠻腰，翹臀擺動，十足馬力，已是香汗淋漓。

她今晚很開心，在法國的時候，她和同學在聖誕舞會上曾經大跳特跳，回國以後，因為父親的事，她身心壓抑了好幾年，如今時日久了，情緒才漸漸調整過來。

尤其是和張勝在一起這幾年，因為家庭破碎缺失的感覺，因為失去父親的安全感和溫暖的感覺一點一滴地又找了回來，她又漸漸活潑開朗起來。

今天的化裝舞會，讓她又找回了年少輕狂時的感覺，她瀟灑地擺動著身體，盡情張揚著年輕的活力，正在自得其樂的時候，忽然眸光一轉，看到張勝舉著酒杯站在牆邊，正帶著欣賞的笑意看她。

他頭上戴著蝙蝠俠的面具，遮住了半邊臉，但是洛菲一眼就認出了他來，洛菲一邊舞動，一邊向他靠了過去。

「嗨，帥哥，怎麼不來一起跳？」洛菲一個急旋，停在張勝面前，一隻手順勢搭在他的肩上，輕笑著問。

她的聲音故意壓低了些，帶著點兒磁性的味道。

張勝嚇了一跳，女孩戴著貓眼，貓眼中間的眼妝很魅惑。眼影塗上了閃粉，具有透明和光束的感覺，眼線和纖長的睫毛具有誇張的戲劇感。她的唇彩閃亮潤澤，襯托出一種女人的味道。

張勝急忙左右看看，生怕這女孩有些曖昧的勾搭會引來一個肌肉男，上演一齣庸俗不堪的肥皂劇。

「哦……謝謝，你跳得挺好看的，我不能跳，我……的腰……」

洛菲「噗哧」一下笑了：「老闆，你的腰怎麼了，我都不知道？」

「你……你你……」這時張勝才突然聽出這女孩的聲音，他驚訝地指著她，半晌說不全一句話。

洛菲把貓女眼罩抬了抬，把一雙慧黠調皮的笑眼亮給他看，然後另一隻手突然也向上搭，搭在張勝寬厚結實的肩部，把他扯進了舞池，身體如蛇一般款款扭動著，說：「來呀，一起Happy。」

張勝從未想過洛菲會有妖魅、性感的一面。也許，所有的女人都是雙面嬌娃，只不過對有些男人，她不肯把自己的另一面展示給他看罷了。

張勝也隨著跳了一陣，沒多久就一身薄汗了，他忙擺著手說：「不跳了，不跳了，我上樓歇會兒。」

「好，我陪你。」洛菲已經盡興，也感到有些累了，便和他一起退出舞池，取了兩杯加冰的檸檬汁，然後向樓上走。

張勝看到羅先生正和一個大腹便便的半百老者在一旁聊天，便向他打個招呼，做個上樓的姿勢，羅先生見到了，向他回了個明白的手勢。

張勝到了二樓休息室，坐在沙發上，解開衣領，把鬆掉的領帶扯開扔到一旁，洛菲也把貓女裝的拉鏈拉開了一點，露出一小截性感精緻的鎖骨痕跡。

「嗯，小菲啊，你還是太瘦了，你得多吃點兒……」張勝一見，馬上又過問起她的坐臥行走、穿衣打扮、乃至吃喝拉撒。

「ＯＫ，ＯＫ，我從明晚開始加餐成了吧？我的大爺，您就別嘮叨了。」洛菲哀求道。

張勝滿意地笑道：「這就對了，馬無夜草不肥……」

洛菲白了他一眼：「誰是馬呀，你這什麼比喻啊，真夠爛的……」

這時，羅先生也上了樓，笑吟吟地向他們走過來。

「羅先生，坐。我有件事，正想跟你商量。陽曆年馬上就到了，我準備年後就公佈與大小姐的『戀情』和婚事，你看，是不是安排那位還在天外的大小姐儘快出現在我的面前？如果我們婚前從來沒有在公眾場合同進同出過，很容易引起別人的疑心，你說是麼？」

張勝話語間，毫不掩飾對那位對家族事宜不盡忠的大小姐的厭惡感。

「哦！」羅先生看看旁邊的洛菲，打個哈哈：「這個……那是，呵呵，那麼，明天……我和大小姐通個話，嗯……」

「羅先生，不用吞吞吐吐的，洛菲是我的人，這件事我沒告訴過她，不過也不用刻意瞞她。你有什麼看法，儘管說好了。」

一見羅先生猶豫的樣子，張勝有些不悅，馬上不耐煩地道。

貓女洛菲雙手擱在膝上，規規矩矩，笑不露齒，扮小淑女。

羅先生打個哈哈道：「那好吧，明天我就和大小姐聯絡一下。」

張勝霽顏道：「那就好，現在一切進行順利，我最擔心的就是引起上層的懷疑和調查，所以，這些小節還是注意一點兒比較好。」

他說到這兒，手機又響了起來，張勝拿起來看了一下號碼，眼前頓時一亮，急忙拿起電話走到了一邊：「喂？」

「勝子！」手機裏傳出了秦若男的聲音，很開心的聲音，帶著點兒笑音。

「收到我空寄過去的禮物了麼？」

「什麼禮物呀，我在外面，沒有收到呀。」

「哦，我忘了，一到年底是你們最忙的時候。」

「嘻嘻，這次可不是，我和爺爺去英國看望若蘭，已經回來了，要在香港轉機。」

聽到手機裏轉出的英語廣播聲，張勝又驚又喜：「你在香港？怎麼不早告訴我？」

秦若男甜甜地笑：「告訴你幹什麼呀，只不過在機場轉機而已。再說，我陪爺爺來的，他知道你是誰呀？你敢來，小心他一頓亂棍把你打將出去。」

「轉機又如何？如果知道你來，我一定去，哪怕在機場只見上一面，十分鐘、五分鐘、一分鐘都成……」

「真的？」秦若男吃吃地笑，拖著長音嬌聲說：「那……你現在來吧。」

「現在還來得及？」

「嘿嘿，老天爺給你機會呀，我乘坐的航班因故停飛，要在香港住一晚，明天上午才……」

「真的？你住哪兒，什麼酒店？我馬上就去……」張勝一聽喜不自禁，他忘形地歡呼著，手舉電話邊說邊衝下了樓去……

看著張勝興沖沖離去，洛菲悄然低下了頭，以掩飾她眼底的失落。

這心的淪陷，竟是在不知不覺間。原以為不會喜歡上他，可是一對年輕男女朝夕相處數年之久，情意在不知不覺間便已滋生，當驀然發現時，卻不免黯然神傷。

「我好慘……」洛菲在心底哀歎。

老奸巨猾的羅先生把她的神情看在眼裏，眼珠一轉，很陰險地道：「大小姐，『愛的契約』將由我準備，如果你同意，我可以準備兩份，正式簽字時動動手腳，偷樑換柱，那是很容易的事。」

洛菲抬起頭，神情已恢復了平靜：「動什麼手腳？」

羅先生試探著道：「如果大小姐希望張先生留在你身邊，我可以……」

洛菲語氣淡淡地道：「幹嘛？騙婚？」

羅先生狡猾地笑：「為了愛用些手段，那是天經地義的事。」

「笑話！」洛菲冷笑一聲站了起來：「那我還是周洛菲嗎？」

她昂起頭，快步走向自己房間。

女兒心思雖難辨，自有高傲在胸中。

第二章

小助理的真面目

「張總，我來了。」洛菲淺淺一笑，神態從容。

羅先生吁了口氣，悄然退了出去。

張勝目瞪口呆地坐在那兒，好半天才像觸電似的一下子跳起來，指著她驚駭地道：「你……洛菲？」

洛菲微微一欠腰，就像一位晉見國王的貴族，優雅而從容：「是的，洛菲，周洛菲，您的……妻子。」

張勝駕著賓士飛速行駛在路上，他有港澳通行證，可以隨時穿梭往來。分開這麼久了，他很思念若男，前些天他去了趟北京探望父母，還和鍾情去香山縱情欣賞了紅葉，由於時間關係，他沒有回東北。

現在，若男近在咫尺，張勝滿心歡喜，或許，這是聖誕老人給他送來一份最好的聖誕禮物吧。

「她陪爺爺去英國？照理來說，過年了，做小輩的該回國探望老人的，怎麼她倒和爺爺去了英國？若蘭……要結婚了？」

張勝胡亂想著，見前邊的車開得過慢，想超過去，想不到那輛車也突然提速，張勝驚叫一聲，急忙打輪剎車，卻已來不及了，兩輛車發出一陣刺耳的磨擦聲，緊緊地刮碰在一起。

「你怎麼開車的？」張勝和那輛美洲虎的主人同時跳下車，氣勢洶洶地問。

「你還敢跟我吵？這裏可以超車嗎？」美洲虎主人是個二十歲上下的青年，他指著張勝的鼻子怒吼。

張勝一把推開他的手，怒道：「這裏可以畫著龍往前走嗎？有你這麼開車的嗎？」

他往美洲虎裏看了一眼，裏邊坐著一個穿白色衣裳的女孩，眉目如畫，十分可人。她坐在裏面正繫著衣服扣子，張勝心裏明白了幾分。

「你哪隻眼睛看見我畫著龍開車了？你別走，找員警來解決。」那個年輕人拿起電話撥打起來。

片刻的工夫，一個正在附近的巡警收到消息，駕著摩托車趕來。

他一見肇事的車一輛是賓士，一輛是美洲虎，車的主人穿著氣度都很不凡，氣勢頓時便矮了三分。拿著個小本在那裏左問右問，上記下記，卻不敢隨便發表意見。

張勝心急如焚，一邊接受盤問，一邊不停地看錶，那巡警喋喋不休著，張勝一顆心早飛到香港去了。二十分鐘後，張勝終於忍不住了，他不耐煩地從車裏把包拿出來往肋下一夾，仰天長嘯道：「真他媽煩死了，車我不要了，你們愛怎麼處理怎麼處理吧！」

說完便在那目瞪口呆的巡警和青年情侶面前攔了一輛計程車，揚長而去。

香港駐軍的一位首長是秦司令的老部下，聽說老首長要在香港住一晚，於是趕來接駕，為他接風洗塵。秦若男作為孫女兒，便也得陪著爺爺去，席間杯籌交錯，她記掛著張勝會趕來見她，正自坐立不安，卻接到張勝的電話，說他在路上出了車禍。

一聽這消息秦若男嚇得花容失色，待問明白人沒有事，只是車子刮了，她才放下心來。張勝隨即說因為要接受詢問，今晚不能趕來了。秦若男有些失望，和張勝又聊了一陣兒，這才依依不捨地掛了電話。

酒席散得比較早，這裏軍人紀律要求較嚴，即便是首長，也不能歸隊太晚，加上秦老爺子年事已高，老部下不敢多勸酒，大家興盡而散。

「小男啊，方才和誰打電話呢？」

到了酒店門口，陪同回來的老部下告辭離去後，秦司令才笑吟吟地向孫女問道。

他邁著矯健的步子走著，當了一輩子兵，此時雖已老矣，走路氣度仍有一種軍人氣概。

「哦，一個朋友。」秦若男換上一副笑臉，岔開話題道：「爺爺，你還沒來過香港呢，今天是聖誕夜，我陪您到處走走吧。」

「不走了不走了，不就是燈紅酒綠嗎？和當年上海灘的十里洋場有啥不一樣？」

秦司令拄著拐棍，走得虎虎生風：「走吧，咱們回去好好休息一下，明天還有一大段路要走呢。」

「香港……嗯，是個不錯的地方。」秦司令一邊走，一邊看著周圍的建築，感慨地說：「小男啊，這香港還有咱一門親戚呢，你不知道吧？」

秦若男好奇地問：「咱家在這裏還有親戚？我怎麼從沒聽你說起過。」

「是啊，有親戚……」滿頭白髮的秦司令感慨著，他瞇起眼打量這光怪陸離的國際大都市，年輕時的一段記憶慢慢浮現在他的腦海之中。

秦司令並不是被壓迫的無產階級出身，相反，他出身於一個大地主家庭，他的父親納有一妻六妾，他是五姨太所出。父親妻妾雖多，卻只有兩個兒子，大兒子是正妻所出，比他大了二十多歲。

大哥對他很好，父親死得早，他大哥像父親一樣撫養他長大，又送他到北平上學。在那裏，他接觸到進步人士，漸漸有了自己的思想。

他的大哥是個開明士紳，地主階級並不都是兇神惡煞的人，許多大地主都是真心信奉孔孟之道，講究「禮義廉恥，國之四維，四維不張，國乃滅亡」的，平素修橋補路、捐資創學、開倉賑糧不落人後，只是弟弟的激進與他的信仰存在著極大衝突。

大哥一心盼望弟弟學成歸來，和他一起好好操持這個家，把祖宗傳下來的基業一代代傳下去，堅決反對弟弟走上革命道路，秦司令最終和他的封建家庭決裂，徹底走上了革命道路。

解放前夕，他的大哥看出局勢不妙，於是舉家離開大陸到了香港，這件事他是聽說過的，不過那時候政治路線不同，簡直就是生死大敵。雖是親兄弟也不例外，跟他撇清關係還來不及呢，怎肯打聽他的消息？兄弟二人因政治信仰的不同從此徹底斷絕了往來。

一晃這麼多年過去了，秦司令年歲已高，不由得思念起海峽對岸的親人來。只是當初自己曾做過一件對不起兄長的事，讓他一直無顏面對兄長，也一直不敢興起尋親的念頭。

當初他走上革命道路後，與哥哥分道揚鑣，兄長仍是竭力地打理家族產業。在那個炮火連天的亂世，要想保存一份家業何其不易，兄長殫精竭慮，其實所思所想也不過是為了這個家而已，但是已離家而去的秦司令，卻在此時又做了一件對兄長傷害至深的事。

那一年秦司令所在的部隊在敵人圍剿之下物資匱乏，嚴冬已至，許多戰士還穿著單衣、食不果腹，秦司令眼見戰士們慘狀，一時憂心如焚。萬不得已之下，他想到了自己家離駐防地只有三百里，為了革命，他一咬牙關，帶領戰士回家取軍資去了。

那一次家裏的米麵錢糧，所有浮資幾乎都被他拿空了，他至今還記得臨走時兄長說的那句決絕的話：「從今以後，我沒有你這個兄弟，秦家也沒有你這個不肖子孫。」

兄長一家人不知現在如何，想起往事，垂暮之年的秦司令唏噓不已：

「大哥……不是一個壞人，唉，他比我大著二十多歲，現在可能早不在人間了，大哥過世的時候，一定還在傷心、記恨我的背叛。現在我也老了，沒幾年好活了，心裏其實就牽掛著你們這些小輩，盼著你們開心、快樂、過得好，把咱們這個大家族維持好。我現在能理解大哥當年的心情了，大哥對我的失望、傷心，那種悲痛，一定比我聽說若蘭從馬上摔下來的時候更甚……」

「爺爺，別傷心了。往事已矣，說不定大爺爺也早理解了你的選擇。不是有句話說：兒孫自有兒孫福，莫為兒孫做遠憂嗎？您年紀大了，就別多操心了。時代在變，人也在變，我們當小輩的，孝敬您安度晚年，讓您過得快樂開心才是應該做的事。我們的人生道路，會把它走好的。」

秦若男暗想，等從英國回來，在香港報紙上發個尋人啟事吧，爺爺七十多了，大爺爺如果活著，該有九十多歲，說不定還健在呢，如果能讓一家人團聚，解了爺爺的心結，他一定很開心。

「嗯……」若男偷笑起來：「這事兒交給他辦好了，如果真能找到我家在香港的親戚，真是一件天大的喜事。」

「嗯，嗯嗯……」秦司令拍拍孫女的小手，滿意地說：「還是小男好啊，我這大孫女從小就懂事、讓人省心，好啊，好啊……」

秦若男悄悄吐了吐舌頭，欣然一笑，一雙美麗的眼睛彎成了月牙兒……

秦若男沒有住在航空公司安排的酒店，為了讓爺爺住得舒適，她自己選擇了一家高檔飯店。和爺爺回到酒店，陪他在房間聊了會兒天，秦若男便回到隔壁自己的房間，沖了個熱水澡，裹著浴袍站在鏡前梳理頭髮。

這時，門鈴響了起來，秦若男走到門口問道：「誰呀？」

「您好，有位深圳的張先生，給您訂了一束花和晚餐，請接收一下。」

秦若男忙繫好浴袍，打開門，一位酒店的侍應生站在門口，推著一輛餐車，餐車頂上還放著一束怒綻的玫瑰花。

「您好，小姐，這是張先生給您訂下的，請簽收一下。」

秦若男打開門，那侍應生把餐車推了進去，秦若男簽了字，侍應生禮貌地點頭離開了。

秦若男趕回餐車旁，拿起那束玫瑰看了看，「不屑」地哼了一聲，臉上卻露出一抹快樂的笑容。

玫瑰花束上有一張香水卡片，秦若男拿起來一看，只見上邊寫著：「美麗的花，送給你的心，讓它心花怒放；美味佳餚，送給你的胃，讓它胃口大開。」

秦若男一聲笑，嬌嗔道：「傻瓜，你不來，又送這麼多吃的，人家一個人吃還不吃成小肥豬呀？」

她拿起一瓶冰桶中鎮著的紅酒看看牌子，又掀開旁邊一個餐盒，嗅了嗅裏邊的蘆筍黑胡椒小牛排。

「嗯，好香。」秦若男滿意地點點頭，正想再看看下一道菜是什麼，忽然張勝的聲音響了起來：「若男，菜合不合你胃口？」

秦若男又驚又喜：「這傢伙，花樣真多，還在餐車上藏了答錄機。」她彎下腰找擺放答錄機的位置，同時帶著笑音答道：「只要是你點的菜，我都喜歡。」她剛說完，就被一雙手握住了，嚇得秦若男一聲高分貝的驚叫，汗毛都豎了起來。幸好隨之而起的意念控制了她，她才沒有下意識地飛起一腳踢去。

餐車下的布簾動了動，張勝的腦袋從下邊鑽了出來，愁眉苦臉地跟她說：「哎呀哎呀，不行了不行了，腿都蹲麻了，誰說這法子浪漫呀，太遭罪了。」

秦若男又驚又喜、又羞又惱，又有點兒好笑。

驚的是突然間出現的活人，喜的是他終於還是在聖誕平安夜出現了，好笑的是，他今天的安排出人意料，很惹人喜歡，怎料最後的出場卻如此狼狽。

「小男，出什麼事了？」門外傳來秦司令有若洪鐘的聲音。

「啊！爺爺，沒什麼事，我……洗澡，不小心滑了一下。」

秦若男一面說，一面向剛從餐車下爬出來，正坐在地毯上揉著雙腿的張勝扮個鬼臉。

一聽孫女正在洗澡，秦司令自覺不方便進來，便道：「哦，你小心些，洗完澡早點兒睡覺，爺爺回房睡了。」

「好，爺爺晚安！」

秦若男喊完，吐了吐舌頭，小聲地問：「不是車子刮了嗎？你怎麼來了。」

張勝站了起來：「不要說車子刮了，就是天上下刀子，我也得來呀。」

「貧嘴，誰稀罕你來呀！」

秦若男口不對心地嗔道，一時滿心歡喜。

浪漫的晚餐，溫馨歡樂的聖誕氣氛中，聽著悠揚的音樂，點上蠟燭，他們坐訴著別離之情。終於，張勝提到了最重要的一件事。

「若男，年後，我就會宣佈和周大小姐定親……」

「嗯。」

「然後，我們會簽訂一份『愛情契約』，一份價值數十億美元的愛情契約。」

「嗯。」

「若男，不開心了？」

「沒有……」

「不許騙我。」

「真的沒有。」

「若男，真是對不起……」

秦若男搖搖頭，用一雙晶亮的眸子深深地凝視他，她的唇邊露出溫柔的笑意，用一根食指輕按著張勝的嘴唇：

「我不在乎錢，對錢也沒有什麼概念。但是我知道，那些錢幾乎可以讓你買到一切，包括無數愛你愛到發狂的美女。每個男人對他愛的女人都會說『我愛你，愛你一生一世，愛到為你可以放棄一切』，可是他們沒有機會經受這種考驗，不是每個男人說得到，便能和你一樣做得到，面對如此巨大的財富還能如此坦然置之的人，這世上有幾個？但是你……是這樣的人，一個重情重義的男人。」

「勝子……」聲音很輕，很堅決，張勝看著她美麗的眼睛，看著她嫣紅的臉蛋，凝視她那美麗的嬌容，像極了她的妹妹……若蘭。

張勝心裏一緊，一張久違的、熟悉的面孔浮現在眼前，那雙眸子幽幽地看著他，在不安和惶惑中，執著地追問：「你……愛不愛我？」

不是不愛，而是那時不懂得愛。不是不愛，而是那愛已經錯過……

望著秦若男緊張眨動的美麗眼簾，張勝心裏忽然有點兒發酸。

秦若男似乎感覺到了他些許的遲疑，星眸亮亮的，半似含羞、半似調皮地向他的耳朵呵了口氣。

或許是聖誕夜的浪漫氣氛影響，或許是久別重逢的喜歡，呵氣如蘭，讓張勝迷失在她的容顏之中。房間裏兩個人正在竊竊私語，互訴情話的時候，夜空中傳來很清晰、很悅耳的童聲歌唱：

「叮叮噹，叮叮噹，鈴兒響叮噹，我們滑雪多快樂，我們坐在雪橇上……」

空靈的歌聲漸漸遠去，然後床上有個大男人捏著嗓子學著小姑娘的聲音唱起來：

「叮叮噹，叮叮噹，鈴兒響叮噹……」

平安夜，不眠之夜……

新年後，香港各大報紙登載了一份尋人啟事，尋人啟事上沒有詳細說明秦司令的身分和姓名，但是注明了他當初的家庭和所在地以及兄長的姓名，這份尋人啟事在各大報的醒目位置發表，引起了一陣騷動，按照報上留下的地址，有數百人打來電話認親。可想而知，有些人見尋親者如此氣勢，一定財大氣粗，這是渾水摸魚來了。張勝沒想到還有這種效果，於是專門安排了一批人負責接待和甄別工作。

與此同時，國內《財經時報》、《證券報》等主要報紙以醒目的大標題在主要位置登載了一條重要消息「深圳勝文重金收購凱旋股份」，副標題是「深圳勝文國際投資貿易公司借殼上市，凱旋股份舊貌換新顏。」

消息公佈時，秘密進行的收購工作已近尾聲。

凱旋股份是一家上市企業，旗下有兩家加工廠，四家貿易公司，還有一家四星級酒店，光固定資產就有四個多億，如果算上所持有的凱旋公司的股份市值，剝離債務後總資產超過十個億，經與市政府討價還價，收購價定為六個億。

這筆錢張勝拿得出來，但是他不能一下子拿出這麼多錢，任何一家大企業都會充分利用每一分資金去創造更大的利潤，誰也不會把多達數億、十餘億的流動資金閒置在那兒沒有用處，再說，一下子拿出這麼多錢會惹人生疑。

更重要的是，如果這樣做，一旦被徐海生獲悉，必定會重新評估他的實力，那會令他非常被動。

時至今日，只要張勝能把文哥的資金消化完畢，全部漂白轉到他的戶頭上，他的實力就將超越徐海生，但是那只能讓他的實力和地位凌駕於徐海生之上，卻不能讓他消滅這個毒蛇般的對手。

資本市場的戰爭雖然殘酷，卻有一條公平原則，那就是你可以挑戰，但是我可以不應戰。張勝就算資金實力超越徐海生一百倍，對方不肯與他對壘，他能強迫對手和他做對手盤嗎？

所以，他必須不斷壯大實力，讓徐海生感受到他成長速度的威脅，與此同時，他又得隱藏真正的實力，示敵以弱，讓徐海生覺得可以把他打敗，這樣徐海生才會放手投入資金，與他在資本市場上較量一番。等到對方投入全部兵力，已經無法抽身時，才是張勝撕去偽裝，露出鋒利的獠牙的時刻。

因此，為了成功收購凱旋股份，既能顯示出他在資本市場的擴張速度，引起徐海生的警覺，又不讓他發覺自己的真正實力，張勝煞費了一番苦心。

利用凱旋股份入不敷出、已經連續兩年虧損，今年的情況非但沒有好轉，反而有進一步惡化、馬上面臨退市風險的現狀，市政府方面迫切需要一個新的領導人入主來扭轉局面的現狀，張勝通過談判，一番唇槍舌劍，迫使對方同意了他的分期還款計畫。

張勝一共吃下凱旋百分之四十的股份，收購價值近六億，根據合同，分兩年四次付清，第一次是一億五千萬，這筆錢一到位，合同就立刻生效，張勝已成為凱旋股份的新主人。

成了凱旋股份的掌舵人之後，他就有權對凱旋做大手術了。這位新任董事長立即大刀闊斧地改革起來，首先就是資本置換。

通過那些資深註冊會計師們的努力，張勝把凱旋股份旗下兩家嚴重虧損的加工廠，以比實際價值高十倍的價格賣給了他旗下的另一家企業「勝文國際投資」。接著，把凱旋旗下四家貿易公司合併，重新註冊成立了一家由他完全控股的新公司「四海貿易」。

由於這家新公司實際上已經成為原凱旋股份的總公司，於是以十倍價格出售那兩家加工廠的利潤收入，以及原凱旋旗下仍在盈利的四星級酒店的收入，在財務報表上便合併記入這家公司。這一來，凱旋一下子就從連年虧損中翻過身來。

還是原來那家企業，只不過合併合併，換個牌子，「凱旋股份」變成了「四海貿易」，盈利就從虧損四毛二，變成了盈利兩毛三，每股淨資產增加了百分之四十。

在此之前，羅先生等人已經在二級市場上悄悄吸納股票，而這一段時間裏，凱旋公司也配合發佈公司有退市可能的風險提示，緊接著又連續發佈了些因債務訴訟纏身的利空消息，凱旋股份從三元多的價位一路狂跌到一塊多的市價，配合羅先生等人順利底部吸籌。

等到消息在市場上流傳開來，人們紛紛追進「四海貿易」股票的時候，張勝手裏的市場籌碼開始逐步派發，一筆巨額利潤已經到手。

事實上，這還沒完，因為有利潤收入就可以轉配和增發新股，張勝控制的董事會已經放出風去，將在近期召開股東大會，商議轉配增發六千萬股新股的問題。

此時，「四海貿易」的股價在市場炒作下已經攀升到十七塊錢，在二級市場上，張勝賺了三個億。增發新股的配股價是九元錢，等到股東大會開完，新股一配發，又將是五億四千萬的進項。

收購凱旋股份，張勝一共投入一億五千萬。通過他的人，他在二級市場上賺了三個億；通過配發新股，他將融資五億四千萬。三個億再加五億四千萬，扣去前期投入一億五千萬，收購凱旋股份等於一分錢沒花，還立即淨賺七個億。

這就是運作，用收購來的企業付清收購的債。

這就是金融，雖然還沒有創造一分錢的價值，卻融來了億萬財富。

張勝家裏正在舉辦一場酒會，參加者是所有參與收購凱旋股份運作的高級管理人員。張勝舉著杯，開心地對大家說。

「各位，經過數月的辛苦，我們終於功德圓滿了。來，咱們乾一杯！謝謝大家。」

「過幾天，我們去香港，大家到『蘭』去見識見識。」小會議室內，張勝對羅先生等幾個極親近的朋友笑著說。

「蘭」是香港的一個秘密會所，名不見經傳，就連八卦週刊，也從來沒有報導過關於那裏的隻字片語。

這個會所，只在上層社會人物中口口相傳，會員的發展也是通過這種方式。張勝剛剛取得會員資格，按照規定，他最多可以帶四個朋友進入會所。

與這個會所相比，那些公開的夜總會，哪怕是最有名氣、檔次最高級的，也不過像是一些大排檔，這裏的消費水準極高，但是能成為這裏的貴賓絕對物超所值，「蘭」的主人身分神秘，人脈極廣，常在超級富豪間穿針引線，幫助聯絡。

一個人到底有多大的能量，怎麼衡量？翻翻你的電話本就知道了。

你的電話冊上都是些什麼人，都是些什麼檔次的人，就代表著你有多大的實力，你有多大的能量。所謂赤手空拳，一切靠自己，不過是癡人說夢罷了。只有井底之蛙才不需要夥伴和朋友，你想擴大你的勢力、你的影響，你就得不斷結識比你強大的人，並最終成為他們之中的一員。

經常出入於「蘭」的人，有擁有龐大艦隊的船王、有出身名門的地產大亨、有控制著輿論喉舌的傳媒鉅子、有國際金融領域的投機大鱷，這些人誰都不比張勝錢少，甚至比他還要多得多。成為其中的一分子，意味著更多的商機、更大的市場，張勝自然極為開心。

聽說要去香港最神秘的會所「蘭」見世面，羅先生幾個人都興奮起來，以他們的財力、勢力，一直也沒有機會去見識那個神秘之地。「蘭」，就像是華山論劍的千仞之巔，只有夠資格的人，才能收到它的邀請函，能夠進入「蘭」，就是一種炫耀的資本。

給身邊這些人鼓足了勁兒，大家紛紛到一樓大廳去參加慶祝舞會了，房間裏只剩下張勝和羅先生。

張勝的臉色沉了下來：「羅先生，現在已經過了很久了，明天，我就將召開記者招待會，宣佈我的婚事。我的新娘呢？」

羅先生有點尷尬：「張先生，我已經……通知了大小姐，也提起了你的擔心。不過……大小姐說，這件事你不必擔心，不會有人懷疑你和她的交往過程，她保證……天衣無縫。」

張勝微微眯起了眼睛：

「哦？大小姐這麼有把握？我在深圳的一舉一動，都落在許多人眼中。在這裏這麼久，我就從來沒有和大小姐同出同入過，她明天從天而降，突然變成我的新娘，你說不會有絲毫破綻？她要是有隻手遮天的本事，還需要我做什麼？」

羅先生苦笑道：

「張先生，說實話，我在社會上也算是有頭有臉的人物，但是在您和大小姐面前，終究不過是個只供差遣的人，你們之間的事，我實在是沒有能力過問。大小姐她……她……嗨，明天一早，你就能見到她，等你見了她，你自然什麼都明白了。」

張勝長長地吁了口氣，淡淡地道：「算了，我不逼你了，她不著急，我有什麼好著急的。那份合同已經擬好了麼？」

羅先生鬆了口氣，忙道：「擬好了。」

「嗯。」張勝點了點頭，還是難掩心頭不悅。他對那位遲遲不露面的大小姐已經煩透了，雖說不是夫妻，卻要共同生活一年時光，如果對方這麼難接觸，那日子一定不好過。

「老總，客人們都請您下去跳舞呢。」洛菲穿著一件漂亮的白色百褶裙，就像一位小公主似的飄了進來，笑盈盈地道。

羅先生趁機告辭，轉過身時對洛菲使個眼色，洛菲會意地眨眨眼。

「唉，算了，我沒興致。」張勝有些疲憊地靠在沙發上，閉上眼睛假寐。

「哇，一下子賺了那麼多錢，好多人都在羨慕你，一件賠錢的買賣硬生生讓你搞成大賺特賺的生意，敬佩得不得了呢，怎麼反而不開心了？」

洛菲明知故問，還走到他身邊，很乖巧地給他做起了頭療。

「老總，什麼事不開心，不會是……是我惹您生氣了吧？」

張勝笑起來：「怎麼什麼事都往自己身上攬呢？菲菲現在越來越乖，像個小淑女，我怎麼會生你的氣呢？」

洛菲在他身後扮個鬼臉，皺皺鼻子道：「真的假的？我有那麼好嗎，你不是誑我吧？」

「當然不是，我從不編瞎話。」

「那……你肯答應我，不管我做什麼，你永遠不生我的氣麼？」

「呵呵，你呀，你能幹什麼讓我生氣的事？這麼狡猾，順杆爬呀，討免死金牌嗎？」

「你答應了？」

「那有什麼問題，我答應……」

「君子一言？」

「快馬一鞭！」

「啪啪啪！」話說完，張勝就很有默契地舉起一隻手，洛菲的手落下來，和他三擊掌。

「嘻嘻，那我就放心了。」洛菲得意洋洋地說。作為報答，她更賣力地為張勝按摩起來。洛菲十指纖纖，很有藝術感，是雙適合彈鋼琴的手，做起按摩來也似模似樣。

張勝很舒服地閉著眼睛，頭隨著她手指的動作輕輕搖晃著：

「菲菲，你不懂，錢賺得越多，位子坐得越高，勞心費神的事便也越多。我這人挺沒志氣的，你別看我在拚命撈錢，那是既在其位，要謀其政罷了，多少人指著我吃飯呢。」

「其實……我真想激流勇退，把我的錢搞一支信託基金，再與人合夥投資一部分，當一個真正輕閒的人。我去過『蘭』，在那裏，我才知道真正的貴族，真正的上流社會，他們怎樣活著。他們過得很自在，從不把賺錢當成自己生命的主題。」

「他們把祖祖輩輩積累下的財富交給一個合格的總裁去管理，或者建一支信託基金，而他們自己，更注意和家人一起快樂地生活。去勒圖凱打高爾夫、去馬來西亞潛水、去日本泡最好的溫泉、去西屬加納利群島游泳、去阿拉斯加釣鮭魚、去非洲打獵、在自己家裏種菜、親手去修剪自家門前的橡樹……」

他拍拍洛菲的手，感慨地說：「他們真正看透了錢的本質，不做錢的奴隸，我也好想過那種日子。」

「你還這麼年輕，不想建立一份霸業？」

「他人笑我太瘋癲，我笑他人看不穿；不見五陵豪傑墓，無花無酒鋤作田。把一生最美好的時光浪費在賺錢上，怎麼比得上和心愛的人遨遊天下，長相廝守？像我現在這麼忙，父母親人都沒有時間經常相伴，有什麼意思？」

張勝笑起來：「當然，要是我還要靠上班來維持生活，這麼想是不切實際，只是，我已經具備了這樣的條件，想為自己活著而已。什麼成就、霸業，欲望無止境，真要無休無止地追求下去，什麼時候才是頭？等到我想退出來按自己的方式生活時，已經年華老去，那還有什麼意思？」

洛菲想起自己的父親聰明一世，終不免一場牢獄之災，張勝所想未嘗沒有道理，不禁輕輕歎了口氣，微笑著說：

「能知足方能常樂，老總正是諸事順利、鋒芒畢露的時候，卻能這樣想，才是真的智者。也不知哪個女孩子有這樣的好福氣，能嫁給你，與你長相廝守。」

張勝也想笑笑，卻實在笑不出來，他想起了鄭小璐，想起了秦若蘭，又想起了鍾情、若男和那個難相處的周大小姐，忍不住長長一歎，心中千迴百轉，卻難再說一字。

張勝西裝革履地站在寬闊的後台工作間裏，抬腕看看手錶，微帶惱怒地道：

「我們尊敬的周大小姐呢？九點半就要召開記者招待會了，她不會姍姍來遲吧？」

這裏是租用的新聞發佈會場，前邊是一個T型大展台，後台是模特兒們換衣服的地方，所以地方非常寬敞。

「大小姐馬上到，馬上到。」羅先生側耳聽聽前邊傳來的記者們的嗡嗡低語聲，急得滿頭大汗，他掏出手機，正想打個電話，旁邊的側門忽然開了，一個女孩用優雅清脆的聲音說：「對不起，我來晚了，讓您久等了。」

張勝抬頭望去，只見一個優雅的身影從側門姍姍而入，就像一隻高貴的天鵝靜靜滑行在碧綠如鏡的水面上。

一眼望去，一種嫵媚端莊、秀逸典雅的氣質撲面而來。隨後，張勝才注意到她的穿著，勻稱而略瘦的身材，一雙法國式的纖秀長腿輕盈地邁動，身上只有一件乳白色的連衣裙像流水似的輕輕律動，裙擺在膝彎以上。

裙子質料極為高貴，柔軟、貼身，面料隱隱泛著柔和的白光。裙裝的線條柔和而簡練，沒有任何點綴，只在那細得難以置信的纖腰間有條同色環形的腰帶狀縫合線，如此簡潔的時裝卻在高貴寧靜中把她柔美幹練的女人味兒完美地表現出來。

衣服，只是一件道具，重要的是這個女人的步態，她舉手投足，都有一種歐式的貴族味道。能把古典與時尚、典雅與自然融為一體，形成如此獨特氣質的女孩，張勝只在少數幾部歐洲歷史大片中見過，那是一種貴族式的優雅。

正如人類的五官都是眼耳口鼻組成，卻有人美若天仙，有人醜若無鹽。同樣只是站立行走，小小的差異和不同，你便能感覺得到完全不同的氣質，有些人真的能甫一見面，便讓你有種貴不可言的優雅感覺。

張勝臉上的神情由不悅變為驚奇，他想像過周大小姐的樣子，也想像過她的美麗，甚至如同影星一樣的相貌，唯獨沒有想到她的氣質竟是如此高雅不俗。

周大小姐娉娉婷婷地自側門走進來，皎潔如同一輪明月，散發著淡淡清輝，相信身材最火辣的模特兒也無法與她競爭男人的目光。如果她身旁走著一個頂級模特兒，那就像一輪太陽，人們第一眼總是會注意到太陽的光輝，但是馬上就會把目光投注到那輪明月上。

能讓他注目欣賞，舉杯相邀，能給人神秘和美麗之感的，永遠只能是天上的明月。男人並非只能欣賞肉體之美，而是能夠表現出那種秀外慧中的獨特女人太少。

「張總，我來了。」洛菲淺淺一笑，神態從容。羅先生吁了口氣，悄然退了出去。

張勝目瞪口呆地坐在那兒，好半天才像觸電似的一下子跳起來，指著她驚駭地道：「你……洛菲？」

洛菲微微一欠腰，就像一位晉見國王的貴族，優雅而從容：「是的，洛菲，周洛菲，您的……妻子。」

張勝像一位老年癡呆患者，神情呆滯，目光茫然，過了好半天，他才回過神來，帶著一種被矇騙的驚怒說道：

「原來是你？我說你怎麼不擔心別人會懷疑我們從未接觸。你……竟然是你？」

「噓。」洛菲豎起一根纖秀的手指，觸在唇邊，眼睛裏帶著一點調皮的笑意：

「一位紳士，不該向女士這麼大吼大叫的，你說過，永遠不會生我的氣，不許賴皮。」

她眨眨眼，有點狡黠而得意地笑。

張勝呼呼地喘了兩口大氣，震驚的感覺一時還沒有消失。

第三章

婚姻遊戲

早上出去時，他們還是張總和小菲，
現在回到這幢房子，他們突然變成了未婚夫妻，
那種戲劇性的變化，讓兩人一時之間都有些不適應。
兩個人你看看我，我看看你，
眼神裏漸漸露出有趣的笑意，終於忍不住相視一笑。
這場婚姻本來就是遊戲，是一場為資產轉移打掩護的遊戲，對方是誰並不重要。
那個人是洛菲未嘗不好，至少這幾年相處，兩人之間情誼非淺，
在這場各取所需的交易之後，周家的掌門人是他情如兄妹的朋友，
總比形同陌路的第三者好得多。至於一個無害的隱瞞，又有什麼好追究的。

洛菲一身乳白色的簡潔裙裝，微笑著站在他面前，就像一位氣質典雅的公主，她在耐心地等著張勝適應她的新角色。

好半天，張勝臉上的表情才慢慢平靜下來，開始仔細地打量她。她手裏提著一隻Lady Dior手袋，小羊羔皮的絎縫菱形棱格，不懂行的人看著和批發市場上三十塊錢的皮革手袋沒什麼區別，但是那是通過九十五道工序製成的極品，戴安娜王妃用的也是這個牌子。

提著手袋的柔軟袖口微微外翻，露出特殊的乳白色修飾花紋，張勝去「蘭」的時候，曾經在一位船王之女的袖口上見過類似的花紋，所以他知道，那並不是花紋，而是繡成花紋的法文。這是法國巴黎一家古老的服裝店為客人量身定做的衣服，沒有牌子，只有袖口繡上服裝主人姓名的首字母。

周洛菲一頭S波浪狀的秀髮，乳白色貼身裙裝的領口是桃心狀的，秀氣的小腿下是一雙巴黎風格的高跟鞋，質感純粹，透著學院氣質。她全身上下沒有一件首飾，但素潔中卻不失高貴。

她是洛菲，卻又不是洛菲，她的相貌依稀帶著洛菲的影子，但是那氣質卻使她脫胎換骨，完全變成了另外一個人。

張勝無論如何也不能把她同那個帶著謙和的笑容、提著暖瓶滿會議室給人倒水的女服務員聯繫起來；無法把她同那個和他視訊時趴在桌子上懶洋洋地打呵欠的可愛鄰家小女孩聯繫起來；無法把她同那個穿著和小甜甜布蘭妮一樣性感的皮裝、大跳電臀熱舞的小野貓聯繫起來。

她……脫胎換骨，成了一個淑女，一個絕對有貴族風範的高貴淑女。

文哥如果看到這一幕一定非常欣慰，他的心血沒有白費，他的女兒真的被他打造成了一個貴族淑女。

把女兒送到法國學習，起因於文先生同一位法國生意夥伴的往來。那位生意夥伴沒有他有錢，但是兩個人的接觸，使文先生很快把他當成了好友。和這個人交往，他有一種如沐春風的感覺，自身的氣質和談吐，也會不知不覺地變得優雅起來，他喜歡這樣有品味的朋友。

有一次去法國的時候，他去這位朋友家做客。那是鄉村一棟略帶古堡風格的三層小別墅，在十幾畝修葺整齊的綠地映襯下顯得有些矮小和老舊，連接這座普通民宅與遠處高速公路的是一條彎曲而漫長的柏油馬路。

進入「古堡」，一眼就能看到樓梯間和過道的牆面上掛著家族的族徽、祖先的畫像、古老的盾牌、長劍，還有各種服飾和人物儀態的老舊圖樣。朋友告訴他，這些圖樣是他的家族一代代傳下來的，是他們從小言談舉止的禮儀規範。從他咿呀學語時，這些圖樣就是他的啟蒙讀物，而他的兒子女兒，從小也要學習這些。

文先生不解地問他，圖上的很多服飾打扮早就過時了，這樣世代相傳有什麼意義呢？

「氣質。」

他的朋友毫不猶豫地回答：「外在的東西永遠都是變化的，再流行的東西也會有過時的那一天，唯有氣質來自於數代的積澱和修煉，歷久彌新。」

作為一個貴族，他已經沒落了，歲月的變遷讓他們失去了原有的財富與社會地位，但那種與生俱來的貴族氣質依舊令人動心，那是再多財富也買不來的東西。

文先生心有所悟，回國後就把女兒送到了法國，在一所名不見經傳的古老貴族學校接受教育。

他的女兒在那裏學習現代知識，同時也學習古典禮儀，包括擊劍、馬術、高爾夫；包括音樂、雕塑、繪畫、舞蹈。洛菲還要參加各種社交活動，賽馬賞花、網球高爾夫、看畫展聽音樂，在社交實踐中提升禮儀素養和優雅風度。

在歐洲人眼中，貴族可以沒有政治修養，沒有生意頭腦，但不能沒有文學藝術修養，這正符合文先生的想法。

文先生是一個很傳統的中國人，骨子裏是有些重男輕女的，他不認為女人有能力掌控一個龐大的家族勢力，也不願意自己的女兒去做那樣辛苦的事，成為一個沒有女人味，整日周旋在銅臭之中的女人。他希望將來找一個稱心如意的女婿，而他的女兒，將成為這個龐大家族的合格的女主人。

在這種氛圍薰陶培養出來的少女，即便她現在出現在倫敦或巴黎真正的上流人士社交酒會上，那衣著打扮、談吐氣質也是無可挑剔的，難怪張勝一見驚心，只覺那種氣質優雅到了極點，卻無法用語言形容其中萬一。

「你跟了我很久了，從我自溫州回來……」

「是呀，」洛菲溫柔地笑，像個初次見面的淑女，彬彬有禮：「家父那時就看中了您的誠實和正直……」

「咳，你們二位……談好了嗎？記者會要開始了。」羅先生從門口探進腦袋，有點心虛地笑道。

「我們馬上就出去！」張勝板起了臉，瞞著他的人，這傢伙也有份的。

「好，好。」羅先生答應一聲，嗖地一下縮回了頭去。

張勝緊緊領帶，扭頭指著她道：「你……」

洛菲已翩然走到他的身邊，款款自然、落落大方地挽住了他的手臂，眨眨眼笑道：「演出開始了，我的先生。」

張勝的火氣被這溫柔如水一堵，便再難發出來，手臂在空中僵滯片刻，他哼了一聲，手指在洛菲鼻子前頭點了一點，很沒有底氣地嘟囔了一句：「回去我再跟你算賬！」

「嘻嘻……」這次的笑聲有些調皮，可就少了點兒淑女的味道。

新聞發佈會上，張勝正式宣佈與周洛菲小姐訂婚，並將於一個月後正式成婚。

目前張勝是深圳身價最高的單身貴族，尤其在他成功運作、成為一家上市公司的董事長之後，更是身價倍增。以前雖有一些小報提過他有一位神秘女友，不過相信的人並不多，以致一些八卦小報因為他單身且沒有緋聞，曾暗示性地說他是個Gay。

想不到他的神秘女友突然浮出水面，鑽石王老五宣佈訂婚了，一時間不知多少上流社會屬意於他的年輕女子摔碎了一顆玻璃心。

同時，這樣一位年輕富豪，女友既不是節目主持人、電視明星、名模，又不是強強聯姻的其他富豪之女，這令記者們大感興趣。新聞發佈會後的酒會還在進行當中，一篇篇麻雀變鳳凰的傳奇報導已經在他們的醞釀之中。

「哈哈，張先生，保密工作做得真好啊，原來你的女友就是洛菲小姐，你做生意，夫人做秘書，這夫妻店開得……佩服，佩服。」

裘老闆舉杯笑著，又湊到他跟前說：

「張先生好眼力呀，平時瞧著洛菲小姐很是平常，想不到談吐氣質如此出眾，大家閨秀，絕對的大家閨秀，這樣的女人才拿得出手，才好娶回家做老婆。」

張勝淡淡一笑，向遠處的周大小姐瞟了一眼。她正站在一群道賀的富豪妻子中間，淺笑言談，從容淡定。

一隻高腳杯擎在她的手裏，杯裏是小半杯香檳，她的拇指、無名指和小指握住杯腳下方，中指扶著杯腳，食指輕搭在杯腳與酒杯連接處，雖是隨意地站著，手指仍然伸直，手指與手腕呈現著優美的曲線，如同鶴立雞群。

「她的確是一位貴族。」張勝在心底輕輕一歎，卻又有些悵然若失，曾經可愛的鄰家小妹突然變身成了一位高貴優雅的淑女，竟然像一隻醜小鴨突然蛻變成了一隻美麗的天鵝，可張勝依然惜歎於熟悉的她的消失。

「早在我從溫州回來時，她就潛伏在我身邊了，從那時起，文哥就決心讓我幫他辦這件事了？好縝密的打算、好深沉的心機！還有她，從小養尊處優的一位大小姐，我真想不到，她做侍候人的活，一幹就是幾年，居然沒有半點兒破綻。人心、人性、人生啊……」

「小張，恭喜恭喜，真是一對璧人呀。」孟副市長笑吟吟地舉杯走過來，張勝忙放下感慨，滿臉笑容地迎上去……

酒會結束，這對迅速被上流社會認為珠聯璧合的未婚夫妻乘車返回園山別墅。回到了家，兩個人站在屋子裏發怔，互相看時，表情都有點兒古怪。

早上出去時，他們還是張總和小菲，現在回到這幢房子，他們突然變成了未婚夫妻，那種戲劇性的變化，讓兩人一時之間都有些不適應。

兩個人你看看我，我看看你，眼神裏漸漸露出有趣的笑意，終於忍不住相視一笑。

這場婚姻本來就是遊戲，是一場為資產轉移打掩護的遊戲，對方是誰並不重要。那個人是洛菲未嘗不好，至少這幾年相處，兩人之間情誼非淺，在這場各取所需的交易之後，周家的掌門人是他情如兄妹的朋友，總比形同陌路的第三者好得多。至於一個無害的隱瞞，又有什麼好追究的。

張勝因為洛菲如此巨大的變化形成的陌生感消失了，開始變得坦然起來，他已經找到了兩人之間的關係定位：一如既往。

「陪著他們一遍遍地說著同喜同喜，弄得我口乾舌燥，去，幫我沏杯茶。」

張勝儘量用一貫的口吻對這個原來的下屬，如今又冠以未婚妻稱號的周大小姐說。

「我……去？」

洛菲好像還沒從少奶奶的身分裏清醒過來，她指指自己的鼻子，然後低頭看看自己拎著的Lady Dior手袋，由巴黎那家專為貴族定制衣服的裁縫店最出色的設計師Diana為她個人專門設計、剪裁、手工製作的這件絲製外衣和鞋子，有點兒傻傻地看向張勝：「你……還當我是你秘書？」

張勝正解著西裝扣子，聽見她問，瞥了她一眼，嘴角露出一絲邪氣的笑容：「或者，你喜歡以另一種身分，對我盡另一種義務？」

他說著，同時向洛菲慢慢靠過去，臉上帶著危險的神氣。

「哦……張總，您坐。我去沏茶……」他一面逼近，洛菲一面退後。

陪著笑臉把這句話說完，她便立即轉身，一溜煙地逃了。

張勝放聲大笑起來：淑女，是扮給外人看的，家裏要是真的擺一個高貴的淑女，那日子沒法過啦。洛菲這丫頭很好，她，還是原來那個她……

湛藍的海水、清澈的天空、變幻萬千的海岸線、安靜的海灘、整齊的綠地，無論如何搭配、無論從哪一角度去看都是一幅美麗的風景畫，這就是位於英國北部的艾奇特島。

島上只住了數百人，東側是一片密林，林中有各種野生動物，海岸上有各種各樣的海鳥。這裏也是海豹的天堂，海豹躺在岩石上，成雙成對，自得其樂，很是愜意。

清澈的海水輕輕蕩漾著，海水中有一幢木屋，木屋在離陸地數十米遠的海水中，通過一條木橋與陸地連接，木屋頂是細密的稻草，木屋旁還有一個觀海的平台，充滿了野趣。

秦若男姐妹倆穿著英國傳統款式的米色呢子大衣，迎著清冽的海風坐在平台上。

秦若蘭坐在可以電子操控的鋼架輪椅上，機械裝置正在牽引著她的雙腿，做著屈伸的動作。她現在不能控制自己的身體進行運動，但是物理保健工作一直做得很好，雙腿雖不像原來那麼矯健有力，仍然渾圓結實，沒有因為長期不能落地行走而萎縮。

「妹妹，你在這裏已經兩年了，家裏人都很想你，又不能經常出國來看你。這次來，我想問問你的意見，有沒有考慮過回國？」

「回國？」秦若蘭重複了一下，嘴角露出一絲苦笑。

她千里迢迢避到國外來，本來是想療治自己的情傷，想不到卻因此誤了一生。這兩年的時光，如果她在國外健康地生活、學習、工作，有自己的社交圈子，也許她會漸漸治癒心中的傷痛，漸漸淡漠那個人在她心中的影子。

可是她這兩年來以輪椅為生，唯一能緬懷、留戀的只有雙腿健全時的生活，又如何忘得了過去她生命中那個在心中刻下痕跡最深的男人？一遍遍的懷念，一遍遍的思憶，那個人的身影只能在她心裏越來越深。

當初，她因傷心而離開，現在，她因驕傲而不願歸去。那個人因為念念不忘前女友的好而不肯給她一句承諾，她就算是離開了，也希望能把自己最完美時的形象留在他的記憶裏。

「妹妹，」秦若男按住她的肩膀，柔聲說：「外面再好，總不如自己的家好，雷蒙男爵把你當成貴賓，可是彼此之間畢竟無親無故，寄人籬下，總非長久之計呀。」

秦若蘭笑起來，笑得一如以前的甜美：「呵，姐姐，你以為我在這兒是被人白養的嗎？你的妹妹可不會那麼無能。我在這兒學會了很多東西，雷蒙經常需要離開海島，他那座小城堡都是我在打理呢。」

「他的城堡養了一匹純血種公馬，我已經學會了怎麼飼養、照料牠，牠被人借去配一次種要賺十五萬美金，現在這座古堡的花銷費用全靠牠來賺錢，我可是一個大功臣。」

「他的家族有幾支祖上傳下來的名貴獵槍，現在也由我負責保養，還有地下室的那些古董、酒窖裏的美酒、他的小遊艇和汽車、果園和草坪，這些都是我在管理，我把他的城堡管理得井井有條。」

秦若蘭微笑道：「你知道嗎，在英國，一個合格的管家，年薪是多少萬英磅？我可不是白吃飯的。在這裏，我只是雙腿不能行走而已，我還有生存的價值，我創造的並不比一個四肢健全的人少。可是，回國去……我能做什麼呢？」

她唇角漾起一抹苦澀，幽幽地道：「姐姐，如果回去，我只是一個沒用的廢人……」

秦若男看著從小一起長大的妹妹，看著她眉宇間一片蕭索，只覺心酸無比，她忽地緊緊擁住妹妹，一時淚如雨下……

「這裏的冬天很美，很多時候陽光都是燦爛的，草還是綠綠的，花還是盛開的，如果不是看到原本滿樹金黃的葉子開始在風中飄落，我都不會察覺現在已經是冬天了。冬天……日子過得好快……」

秦若男推著妹妹，聽她說著島上的點點滴滴。

「姐姐，你看，那裏有家超市，是島上唯一的一家小超市，是布萊恩先生開的。這裏住的都是祖祖輩輩生活在這兒的人，彼此像家裏人一樣熟悉。有時候布萊恩先生外出，或跑到海邊去釣魚，超市也照常開著，進去買東西的人會自覺把錢留在他的櫃檯上。」

一片平坦如絨的草地，草地中間的小路上有原木長椅供人休息，遠處，能看見教堂的尖頂。此外一切建築都是低低的，休閒寫意。那家超市外面掛著一塊顏色陳舊的招牌，整幢建築是古舊的棕色，上面還長著綠綠的青苔。

「嗯，這裏的確如同人間仙境。」秦若男附和著妹妹，贊同地說。

一棵大樹下，彷彿童話王國似的出現一個樹屋，很難想像，這裏竟是一家咖啡店，英國傳統的方格子桌布，簡潔的黑白兩色，從吧台到咖啡勺，沒有一點雜色，輕鬆簡單。咖啡店裏有幾個老人，樹下有幾個蕩鞦韆的孩子，生活在島上的年輕人不多，所以這裏的生活很簡單，節奏很慢。

咖啡店裏的幾個顧客看到了她們，都微笑著向這兩個美麗的東方女孩頷首示意，其中一個很有幾分軍人氣質的老人還站起來，非常紳士地邀請秦若蘭姐妹坐下喝兩杯，秦若蘭摘下頭上有羽毛飾物的帽子，欠了欠身子，微笑著還禮，用英語回答說：「謝謝您，尊敬的國王陛下，我要回自己的城堡了。」

秦若男推著妹妹繼續在林蔭下往前走，斑駁的陽光灑在他們身上。

「妹妹，你剛剛是稱呼他……國王陛下？」

「是啊。」秦若蘭笑吟吟地道：「他的確是一位國王。」

秦若男吃驚地道：「他是哪裏的國王？英國國王……好像是伊莉莎白吧？」

秦若蘭笑起來：「他的王國在這座海島更外面大約六英里遠的地方。那裏有幾個人工島，都是一些由兩根粗大的金屬和混凝土巨柱支撐起來的海上平台。人工島的面積最多不超過二百平方米，但上面有直升機機場，插入海面的兩根中空的巨柱內有七層房間，可以居住數百人。」

「二戰期間，英國人為了對付德軍戰機，建造了它們。戰後，這些遠在海上的人工島被遺棄了，成了海鳥們棲息的天堂。三十多年前，剛才那位巴茨先生，哦，他當時是一名退役的陸軍少校，登上其中一座人工島，宣稱對該島擁有主權，自封國王，並封妻子為王妃。」

「他寫信給英女王，願意做她的附屬王國，他還發行自己的紙幣、郵票、護照和汽車牌照，儘管他的島國根本沒有汽車。當時包括『王室成員』在內，他的王國一共不到十人。」

秦若男吃驚地道：「英國政府不管麼？」

秦若蘭聳聳肩，說：

「當然會管，巴茨少校宣佈國家主權之後，英國政府立即派出海軍艦隊把他的王國包圍了，巴茨國王則揮舞著手槍準備捍衛他的領土。英國政府最終沒有宣戰，因為當時英國法律規定，英國的領海範圍從陸地向外延伸三英里，而這座人工島卻在離海岸六英里的地方，這就意味著，它不屬於英國政府管轄，所以英國政府無權干涉。」

「巴茨先生在那兒站穩了腳跟，他的王國一直存在到今天。而且，這個沒有任何資源的小王國現在給巴茨先生賺了很多錢，他的人工島已經全面現代化了，世界各地的頂級駭客、還有網上賭博公司紛紛向他交納租金，在島上建設伺服器。因為這樣的話即便他們犯了法，國際刑警追查到這座人工島也就沒有辦法了。巴茨島主可是一個擁有獨立主權的國王，他可以不接受任何國家、包括英國警方的傳票。」

秦若男聽完妹妹的話，忍不住失笑道：「世上怎麼會有這麼古怪的事？如果……不是方才親眼看見那位國王陛下的舉止神態非常正常，我會以為這人神經有問題。」

秦若蘭莞爾道：「一開始我也這樣想，後來和他接觸多了，我才發覺他很正常。我才理解了他的行為，他只是活得比別人瀟灑自在罷了，用自己喜歡的生活方式活著：別人笑我瘋也好，笑我傻也好，管他們做什麼？自己開心就好！」

秦若男推著妹妹一邊在林間漫步，一邊細細咀嚼著巴茨國王的這句話，過了好久，她才輕輕一歎：「其實，人人都這麼活著，可是……不在意別人的看法和目光，大多數人只有在小孩子的時候才做得到，稍稍懂事些之後，又有幾個人不是看著別人的臉色過日子？真要做到那麼灑脫，難吶。」

前邊草地上，出現了一個穿著蘇格蘭傳統裙子的男人，他正在吹著風笛自娛自樂。蒼涼古老的曲調，聽見的時候讓人心裏涼涼的，不過沒有悲傷的感覺，只有思緒的飛揚。

秦家姐妹靜靜地欣賞著他的曲子，風吹過，那個男人滿頭的白髮便在蒼涼的風笛聲中揚起，樹上金黃的葉子便在蒼涼的風笛聲中飄落，繞著他飛舞。

陽光清新得似乎能用肉眼看得到，綠地、黃葉、藍天、白雲，吹風笛的男人，構成了一副色彩鮮明的油畫。

一首曲子吹完，沉溺在音樂魔力中的秦若男甦醒過來，秦若蘭偷笑著說：「姐姐，你知道嗎，傳統蘇格蘭裙子的穿法是不穿底褲的，這裏的老人都很堅持傳統，所以每次看見格林先生在這兒吹風笛，我都會有很好奇的想法，想看看他到底有沒有穿內褲。」

秦若男看看那個白髮蒼蒼的老男人，忍不住噗哧一聲笑了，她在妹妹肩頭親昵地拍了一下，嗔道：「你呀，在國外待了兩年，什麼瘋話都敢說，這麼一位老人家你也敢調戲。」

秦若蘭仰起臉笑道：「咦？還跟我裝淑女吶，是誰說過要赤身裸體在阿爾卑斯山攀岩的呢？那個女人可比我大膽得多，起碼我就不敢。嘖嘖嘖，光著屁股爬山耶，想想看，要是有螞蟻爬到身上，然後鑽到……」

她吃吃地笑起來，秦若男紅了臉，以前和妹妹私下開玩笑倒還大方，可是現在剛剛領略了愛情滋味，一說點兒什麼，總不免有些羞澀。她搔著妹妹的癢：「讓你說，讓你說。」

秦若蘭咯咯笑著討饒，秦若男才住了手，她直起腰，整理了一下凌亂的秀髮。

秦若蘭看著姐姐嫣紅如花的俏臉，心有所感地道：

「姐姐越來越漂亮，也越來越有女人味了。你什麼時候才肯找個男朋友啊，年紀也不小了，該考慮一下終身大事了。等你有了兒子，就把他送到國外來，由我負責把他教育成一個小小紳士。」

聽妹妹提到男友，秦若男臉上露出一抹既羞澀又幸福的笑意，秦若蘭見了先是一呆，然後忽有所悟，興奮地叫起來：「你已經有男朋友了是不是？好呀你，跟我還保密，快招快招，我的未來姐夫是什麼人！」

秦家姐妹在陽光燦爛的艾奇特島上漫步的時候，正是香港時間晚上十點多，張勝剛剛把自己的準新娘周洛菲送回六國酒店。

這次來香港，是到香奈兒珠寶服裝工作坊香港分社定做結婚禮服和鑽石項鏈的。結婚雖是假的，過程卻不能草率，鍾情即將伴著他的父母從北京趕來，而深圳方面，也開始了規模龐大的準備工作。香港方面的報紙也報導了大陸億萬富豪張勝陪同小嬌妻赴港訂製婚衣的消息，這場婚事註定要轟轟烈烈。

香奈兒香港分社創意總監親自為周洛菲小姐量身打造了三套高級禮服，香奈兒珠寶工作坊根據她的氣質、膚色、身材設計製作的由三百二十顆鑽石鑲嵌而成的一條項鏈。

素潔神聖的婚紗禮服是婚禮中不可或缺的幻覺元素，對於女人而言，更是促使其進入新娘角色的心靈與感官世界最重要的「道具」之一。

周洛菲知道這是一場戲，儘管她心中漸漸有了張勝的影子，但是一直克制著自己的感情，用理智把兩個人之間的關係維持得一如既往：人前，是未婚夫妻；人後，是朋友，是大哥和小妹。至於她心裏到底怎麼想、怎麼看，張勝是完全沒有察覺的。

可是當洛菲在電腦螢幕上看到以她的三維立體圖像為藍圖，勾勒出披上特別為她設計製作的婚紗禮服時，還是被那種令人震撼的美麗觸動了心靈。

呈現珠寶質感的白絲絨、輕盈飛揚的羽毛滾邊，加上完美剪裁的深V線條，把她襯托得像一位天使。拖曳、滑動在紅地毯階梯上的裙襬曲線效果，更是這套婚紗禮服設計上最重要的一個元素。創意總監以電腦模擬，並與倫敦總公司的工作人員通過視訊會議的方式，遠距離一起研究，嘗試過三次以上的剪裁線條，達到所有人都認為的完美效果。

整件禮服預計將由十位頂級裁縫師耗費七百小時完成。光是一條華麗耀眼的四公尺長的拖襬就將花費三百五十小時，當年戴安娜王妃的經典白紗裙襬也不過七公尺長。整件婚紗所有的素材包括了一百四十公尺的絹紗、十公尺的烏干紗、十公尺的喬琪紗、二百五十根鴕鳥羽毛，以及超過三千顆的銀色水晶。

而另一套如黎明曙光般的粉紅色禮服，則在纖細、合體的上身之下，形成一朵湧動的紅色蓮花般的裙擺，走動時如泉湧浪翻。

第三套是為了適應國內酒宴的需要，禮服得體大方，線條簡潔卻不失優雅高貴。三套禮服，所有的設計、製作過程，全部是百分之百的香奈兒高級訂制服工法、品質，這套款式是為專人定做，因此一旦製成，款樣立即入檔保管，永遠不會再用於第二人身上。

穿上這禮服的那種美麗和感動，令洛菲隱隱有些害怕，她不知道當她真的披上這件婚紗，滿臉幸福地笑對無數羨慕和祝福的目光時，會不會觸景生情，「入戲」太深。她不知道一年假鳳虛凰的生活，面對著的又是令她心儀的一個男人，她能不能真的守住她的心。

當她溫文爾雅地向未婚夫道過晚安，看著他的房門輕輕關上的那一剎那，盈盈的淚水開始在她眼眶裏打轉，她恨自己身為一個大家族的繼承人，必須得用自己的婚姻來為家族爭取些什麼。如果……僅僅是如果，如果這婚姻是真的，如果陪著試製禮服的他，真的是她即將託付終身的心愛男人，那是一種什麼心情？

第四章

姐姐的情人是自己的戀人

「原來是他，怪不得……怪不得我遠走他鄉，他竟然如此決絕，一封信不寫，一個電話不打，原來……原來他進了監獄……浩升他們騙了我，一定也騙了他。他知道了姐姐的名字，難道還不知道她是我的什麼人？」

風中，樹葉在抖，秦若蘭的身子和手中的相片就像樹葉一樣在抖。

風起，樹葉在落，她手中的相片也像樹葉般飄落。

秦若蘭心中那段難忘的記憶全部被喚醒，海島的陽光、湛藍的天空、朵朵的白雲、澎湃的浪濤聲和著那風的呼吸，在她心中掀起了滔天巨浪。

張勝離開六國飯店，在保鏢的陪同下來到了會所「蘭」。他現在已是這裏的常客，經常在這裏會晤、約談一些生意夥伴，結識了不少國際商界的大亨級的人物。

不過今天他是一個人來的，來了之後也沒到會所的公眾空間露面，而是要了一間包房，獨自站在窗口，看著一樓大廳裏四個西洋頂級美女在表演的優美舞蹈。她們的身體像蛇一樣宛轉起伏，高雅中不失性的誘惑挑逗，身材完美無可挑剔的女服務生們穿著性感誘惑的內衣為貴賓們端送飲料、傳遞香煙。

張勝看著這酒紅酒綠，落寞地搖頭一笑，端起酒杯，另一隻手提著酒瓶，為自己又倒了一杯每盎司三百英磅的「羅曼尼．康帝」，這價格已經超過了倫敦外匯市場目前的黃金價格。具體地說，這瓶羅曼尼．康帝的價錢，在倫敦差不多可以買一輛賓士新款轎車。問題是，一輛賓士可以開好幾年，而一瓶羅曼尼．康帝最多只能享受一兩個小時。

世界著名酒評家、美國《葡萄酒宣導者》主編羅伯特．派克曾經說過：「羅曼尼．康帝是百萬富翁喝的酒，但只有億萬富翁才喝得到。」因為它的產量實在太少，它的產地位於法國勃艮第金丘產區的一面山坡上，總面積只有一點八公頃，全部種植世界上最名貴、最難栽培的黑比諾，平均每三株葡萄才能釀出一瓶酒。

關於它的味道，著名釀酒師奧貝爾．維蘭曾用富有詩意的語言形容說：

「有即將凋謝的玫瑰花的香氣，令人流連忘返，也可以說是上帝遺留在人間的東西。」如此甘美濃郁的酒，甚至在放下酒杯數分鐘後依然齒頰留香。如果誰有一杯在手，輕品一口，無論從哪個方面講，都會有一種帝王的感覺。

張勝並不怎麼喜歡這種液體黃金，但是到了這裏他必須點這種酒。在深圳的富豪俱樂部，他有意把自己打扮成一個鄉巴佬、一個暴發戶，那是為了給自己塗上一層保護色；在這裏，他必須注意飲酒的品味，那是因為這裏來往的都是世界頂尖富豪，他們不會同一個乞丐做生意。

不過今夜張勝撇下名義上的未婚妻，獨自來到這裏，既不是為了尋歡買醉，也不是為了同某個超級富豪洽談生意，他是收到秘密消息，為了一個男人而來。

那個人，是徐海生，他從歐洲回來了。今夜，他也在這裏。

新的一年已經開始，這一年，張勝有太多的事要做，包括了結他和徐海生之間的恩恩怨怨。

攻城為下，攻心為上。今晚，就是張勝挑起戰端，主動掀起與徐海生之間必有一戰的開始。這個人像極了一條毒蛇，兩個人之間的恩怨，至今日已經說不出到底為了什麼原因而形成，但是這個人打擊對手向來是無所不用其極，張勝完成文先生的囑託之後，他不想整日活在對一個陰險對手的提防之中。

他要把這個可怕的敵人徹底打垮，擁有一份真正溫馨、平靜、甜蜜、幸福的生活。

樓下，徐海生同一位希臘客人一邊欣賞著歌舞，一邊輕笑言談。許久，兩個人才站起，互相說笑著什麼，然後一起上了樓。

張勝端著酒杯站在窗口看著，二人上樓之後，一個漂亮的女服務生迎上去，微笑著詢問了幾句，把他們分別引到了對面的兩間貴賓房裏。

張勝呷了口酒，刷地一下拉上了窗簾，他已經看清了那間貴賓房的牌子「焚花」。

徐海生坐在沙發上，拿起遙控器，按開了眼前碩大的電腦螢幕，神態瀟灑而自然。

他還是頭一次到「蘭」這種高級會所，這裏比起國內的高級會所的確更勝一籌，不過初次到來的徐海生並沒有緊張窘迫的心態，他從不相信什麼高雅與品流，在他看來，這一切說到底，不過是金錢的堆砌罷了。

他身上有六張會員卡、四張信用卡，還有幾張花旗銀行見票即付的現金本票，這些東西可以讓他身無分文地走遍全世界。他的一副釣竿價值上萬元，一支高爾夫球杆相當於一個白領全年的收入，他在「天上人間」一個晚上的消費可以買一輛轎車。有錢就是爺，他覺得很踏實、很從容。

電腦螢幕上顯示的不是電視節目，而是一份特殊的功能表，上邊羅列著歐美、日韓、阿拉伯、俄羅斯、希臘風情等中英兩種文字。徐海生看了看，選擇了本土，下一層功能表是嫵媚、清純、火辣、嬌豔、性感等字樣。

徐海生再度做出選擇，優美動聽的樂曲聲中，一幅幅搔首弄姿的美人相片出現在螢幕上，停頓三秒鐘，就會幻化成另一個美女，每一個都各具風情，美麗得無可挑剔。徐海生笑吟吟地看著，忽然發覺一個美女非常令人心動，她的相片一閃就翻過去了，徐海生連忙按了下返回健，把她定格在螢幕上，仔細看了看，按下了按鈕。

美女的相片放大了，充斥了整片螢幕，然後又突然縮小了一圈，由平面相片變成了三維立體圖像，立體圖像不停地旋轉著，展示著她的正面、側面、背面，以及穿著不同風格的衣裳和完全裸體時的樣子。旁邊出現一行中英兩種文字的介紹，她的姓名、年齡、身高、體重、三圍和擅長的技巧。

張勝坐在電腦前，和他欣賞著同一個女人。

和幾位商界圈的朋友在這裏飲酒作樂時，張勝就發現了電腦程式目前還存在的一個問題，已經被選中正在服侍客人的女孩，電腦上是不顯示的，待選女郎正被哪個貴賓房的客人正在挑選當中，上邊卻有個特殊的符號予以注明，仍然可以選擇。

程式這麼設計，顯然是提醒客人們在挑選女孩時，既可以避開別人正在挑選的女孩，如果其中有他中意的，還可以按關注按鈕，一旦其他客人沒有選中，可以對他給予提醒。這裏各色美女應有盡有，在這裏消費的客人，當然不會有那種急色兒，為了同一個女人爭得不可開交。

不過今夜卻有了例外，在這一晚之後，「蘭」的電腦程式對這個Bug做了修改。

徐海生看中的女孩很漂亮，身高一米七五，五官酷似港姐競選歷史上最靚的那一位。身材凹凸有致，完美得無可挑剔。身價每小時三百五十英鎊，也可以用美元和港幣結算，這是陪聊價，如果需要其他服務，身價十倍。

張勝笑吟吟地看著，看到「焚花」包房的客人選擇箭頭停在「選中」按鈕上時，他和對方同時按下了按鈕……

「妹妹，你還記得我跟你說過，我還在警校學習時，立過的那件大功嗎？」

「記得呀，那回你把三大毒梟人贓並獲嘛。怎麼忽然提起這件事了？」秦若蘭嬌嗔道。

秦若男想著當初被張勝推倒在地，他在自己耳邊關切而飛快地一句提醒的情景，笑得甜甜的：

「你記得嗎，我回家後對你說：今天好驚險，如果不是一個男孩子裝著喝醉把我推倒在地，告訴我有人對我下藥，我就慘了。一旦服了藥昏迷，我就無法向外面發出動手訊號，等我被那個大毒梟佔有，真是沒法活了……」

秦若蘭呀的一聲驚呼，吃驚地道：「你說的是……那個救了你的青年？我的天，這是多久的事了，你居然連一點口風都不露！」

秦若男白了她一眼，嬌嗔道：

「急什麼急呀，你聽我說嘛。那天我想向他道謝，可是已經找不到他了嘛。我是在你出國後才遇上他的，哎呀，你聽不聽，不聽我不說了。」

「聽聽聽，姐姐快說，我不插嘴了。」若蘭急忙拉住姐姐的衣袖，兩隻眼睛亮晶晶的。女孩子本來就是喜歡八卦的一種生物，何況又是她們最感興趣的愛情故事。

「後來，我和你在公安俱樂部攀岩的時候……」說到這兒，秦若男突覺不妥，擔心妹妹想起四肢健全時候的往事心情不好，待見妹妹正頗感興趣地聽她講戀愛故事，這才放下心來：「我出門時先去了趟洗手間，結果手機遺落在洗手盆邊被人撿走了。」

「我呀，晚上打電話找撿到手機的人。」說到這兒，想起自己氣沖沖地和張勝吵架、拌嘴的事，秦若男忍不住掩嘴一笑：

「結果，撿到手機的人婆婆媽媽的，把我氣死了，我還以為他不想還我手機呢，就和他吵架。結果，第二天表弟給我買了一部新手機，嘿！他倒主動打電話來要還手機了，被我罵得狗血噴頭。」

秦若蘭恍然大悟，格格笑道：「我明白了，他曾經救過你，對不對？呵呵，好傳奇啊，真是不是冤家不聚頭。」

「嗯，是他……」秦若男悠悠地想著，眼前幾隻鴿子悠閒地在她們腳下走來走去。

「唉，其實……他有女朋友的，當時……我只是和他在手機裏聊天，根本沒有想過見面啊。我們聊天……漸漸成了無話不說的朋友。他和我講創業的艱難，講他和女友間的感情糾葛，後來，他因為酒醉和一個女性好友上了床，女友因此分手，他還對我談起他的痛楚，那時的他，真的好可憐……」

秦若蘭臉色突然蒼白起來，呼吸困難，眼前金星亂冒，一顆心跳得快要蹦出腔子，一種莫名的恐懼讓她全身的汗毛都豎了起來。

「這時，我還是當他是朋友的，還安慰他、開導他，可是沒過多久，我再打電話，他便不接電話了，我當時還想，大概是創傷太深，他想選擇切斷過去的一切吧，當時還挺失落的。沒想到，後來才發現，原來他因為經濟犯罪蹲了看守所……」

聽到這兒，秦若蘭才又活了過來。方才，姐姐所描述的一切，與她的經歷是那麼相似，她怕死了，還以為姐姐說的朋友居然是他。聽到那人蹲了看守所，這才放下心來。

不會是他，當然不會是他，她……曾經向哨子隱晦地打聽過張勝的情形，知道他一直過得很好，他和身邊那個姿容嬌豔的女秘書鍾情過從甚密，他的事業發展得很大，最新的消息是……他發了大財，離開了省城，據說去了南方，而姐姐說的這位朋友當時正在蹲監獄，當然不會是同一個人。

「妹妹，你怎麼了？」秦若男忽然發現秦若蘭的臉色有點兒難看，不禁吃了一驚，連忙握住她的手問，這才發覺她的手冰涼，掌心還有汗跡。

「哦，沒有什麼，今天活動得太多，有點乏了，咱們在這院子裏曬曬太陽，一會兒就緩過來了。姐，你繼續說，你是員警，他是犯人，你們最後怎麼會……怎麼會……」

秦若男從輪椅後面抽出一條毯子，給妹妹蓋在身上，又細心地把毯角掖好，這才握著她的手，繼續說：

「是呀，我沒見過他嘛，所以在審訊室裏第一次看到他，還不知道他就是和我打電話的人。不過，我這人過目不忘的，我認出了他是當初救過我的男孩。當時，為了獲得他的口供，隊長對他進行連續審訊，他扛不住了，為了解脫，他誑我過去，然後……」

「然後怎麼樣？」

秦若男撫著嘴唇，有點兒害羞地笑了笑：「然後他……吻了我一下！」

「哇！」秦若蘭的心情已經平靜下來，聽著姐姐的故事，她瞪大了眼睛：「犯人親女員警，太刺激、太浪漫了，後來呢？」

「哼！」秦若男在妹妹手臂上拍了一下，說道：「還有什麼後來？我一腳抽射，就把他送進了醫院。」

秦若蘭咋舌道：「不是吧？你那麼大力氣……他的肋骨沒斷掉吧？」

「呵呵，當然沒有，我這人知恩必報的，不管怎麼說，他救過我不是？」

「嗯嗯，後來呢？」

「後來，他出了獄，我們又失去了聯繫。不過這時，我卻和那位打手機的朋友取得了聯繫。過了好久，在獄裏和他非常要好的一個犯人越獄了，我們懷疑那個人會去向他救助，所以我帶了幾個人對他實施監控……」

秦若男把跟蹤張勝、同時和手機哥哥約會，結果發現兩個人居然是一個人的烏龍事說給妹妹聽，聽得若蘭嬌笑不止。

最後她興致勃勃地問：

「你們之間的戀愛故事真是太離奇了，這樣很好啊，等到老了以後，夫妻兩個坐著搖椅，回味年輕時這些浪漫有趣的事，多溫馨呀。姐，聽你說的他好像很有錢的樣子，還跟黑道上的人有關係？」

秦若男吐吐舌頭：「他在看守所裏欠了一個人的大人情，那個人救過他的命，他現在正在幫那個人做一件事。唉，但凡在押的人，多少總有些見不得光的事，為了掩蓋他和那個人的實質關係，他現在正冒充那個人的女婿，他現在很有身分的，經常見報，又有一個所謂的『妻子』。」

秦若蘭翻翻白眼，說：「看吧，看吧，從小爸媽就說我不是個叫人省心的孩子，我老姐如何淑女、如何懂事、如何不讓他們操心，嘿！你這乖乖女呀，認識的這人……我猜……他一定是個帥到掉渣的大帥哥吧，要不把你迷成這樣。」

「去你的，就知道取笑姐姐。」

「呵呵，有沒有他的照片，讓妹妹欣賞欣賞。」

「嗯！」秦若男左右看看，從輪椅後取出了自己的手袋，從裏邊拿出皮夾，秦若蘭迫不及待地伸手要搶，秦若男連忙把手舉高，有點靦腆地道：

「我……我皮夾裏只有他一張照片，跟我的合影。」

「沒關係沒關係，我看他，又不是看你。」秦若蘭急不可耐地道：「好啦好啦，我的親姐姐，我的胃口都被吊得天高了，你老人家怎麼變得這麼害羞啊，我快受不了了。」

秦若男被她說得不好意思，沒好氣地把皮夾往妹妹手裏一塞：「成成成，你看你看。」

秦若蘭翻開皮夾一通找：「哪呢哪呢，照片呢？」

「夾層裏啊，你拉開拉鏈，輕點兒呀，不要扯壞了。」

秦若蘭嘻嘻笑：「心疼啦？一張照片而已，扯壞了你還打我不成？嘿嘿……」

照片拿在了手中，只看了一眼，就如晴天一個霹靂，重重地轟在若蘭的頭頂上。

照片裏的他，坐在金色的椅中，偉岸如一位帝王。恍惚間，秦若蘭好像跨越時空，一下子回到了兩年前……

「原來是他，怪不得……怪不得我遠走他鄉，他竟然如此決絕，一封信不寫，一個電話不打，原來……原來他進了監獄……浩升他們騙了我，一定也騙了他。他知道了姐姐的名字，難道還不知道她是我的什麼人？」

風中，樹葉在抖，秦若蘭的身子和手中的相片就像樹葉一樣在抖。

風起，樹葉在落，她手中的相片也像樹葉般飄落。

秦若蘭心中那段難忘的記憶全部被喚醒，海島的陽光、湛藍的天空、朵朵的白雲、澎湃的浪濤聲和著那風的呼吸，在她心中掀起了滔天巨浪。

「若蘭，你怎麼了？」秦若男蹲下來，握著她的手驚惶地問。秦若蘭臉白如紙，她想說話，卻怎麼也吐不出一個字，她想呼吸，胸口卻像壓著千斤巨石。

望著姐姐關切的眼睛，秦若蘭頭暈目眩，一時只覺天旋地轉……

「徐先生，請您另外選擇一位小姐好嗎？林小姐已經被張先生定下了。」

女服務生敲開門，神色有點兒尷尬，兩位客人利用電腦系統同時點中一位小姐的事情以前還從來沒有遇到過。「蘭」向來以精雅細緻周到無比的服務，獲得大亨們的青睞，這種失誤實屬首次。

張勝和徐海生都是「蘭」的會員，考慮到徐海生剛剛加入，或許溝通起來比較容易，所以女服務生敲開了他的房門。

「張先生，哪位張先生？」

徐海生笑了笑，順口問道。

一個女人而已，當然沒必要堅持。只是他一時沒想到姓張的哪個商界名流，所以拿起遙控器的時候順口問了一句。

女服務生見他有答允的意思，不覺鬆了口氣，臉上也露出了甜美的笑意：「是勝文國際投資的張勝先生，他也來自國內，徐先生認得他？」

「張勝……」徐海生按向遙控器的手指一滯：「真是冤家路窄，他也進了這個超級富豪會所？不容易呀，張勝這小子，勢力躥得也太快了！」

「先生，如果您同意，那麼我就通知林小姐……」

「誰說我同意了？」徐海生冷冷一笑：「很對不起，我就相中林小姐了。貴會所的電腦系統顯示她還沒有客人，現在你讓我把她拱手讓人，當然，讓個女人沒什麼了不起，但是我可是生意場上的人，丟得起這個面子嗎？」

女服務生為難地說：「先生，您看……」

徐海生一擺手，道：「去，告訴姓張的，就說林小姐我定下了，讓他另外選人。」

女服務生猶豫了一下，無奈地道：「好的，先生。」

她在張勝那裏，自然也遭遇了同樣的結果，消息迅速回饋上去，媽咪急忙趕了來。

「蘭」這個會所，除了門口的保安人員，裏邊所有的服務人員、管理人員全部都是女性，再說她是來排解糾紛的，又不是驅趕打架鬥毆的人，所以身邊也沒帶什麼人。這個媽咪年紀不大，看來就二十五六歲，也是個明眸皓齒的大美人兒。

她親自趕來了，好言斡旋了幾次不見結果，兩邊都不肯讓一步，火氣反倒越來越大。

「張先生，我們這兒新來了一個芬蘭女孩，才十六歲，最鮮嫩的金絲貓，而且生了一對豪乳，童顏巨乳，特別誘……」

「沒興趣！」

「徐先生，您看我給您介紹一位重慶玉女好麼？生得嬌小玲瓏，皮膚好得不得了，如絲如緞……」

「我就要林小姐。」

「張先生，有個很嫵媚的阿拉伯少女，她可還是處女哦。」

張勝打個哈欠，懶洋洋地問道：「林小姐還沒來麼？」

「徐先生，這回介紹給您的一定讓您滿意，她們可是一對孿生姐妹哦，不但容貌俏麗，還有極高超的舞蹈底子，曾經多次給黎天王伴過舞……」

「呵呵，很好，那麼……下一次吧，下一次讓她們來服侍我！」

媽咪使盡渾身解數，仍是無可奈何。這一番奔走，已經驚動了一些深港兩地的富豪叼著雪茄出門觀望，笑看這一對來自國內的大富豪鬥法。其中不少與張、徐一方相熟，見是熟人不免打聲招呼，這一來徐海生更是騎虎難下，他現在已經不是爭女人，也不是意氣之爭，真的成了面子攸關的大問題了。

「徐先生，張先生也點了林小姐……」

「什麼張先生，他是個什麼東西？想當初，不過是我徐某人驅使之下的一個小卒子！」徐海生勃然大怒，站在包房外威風八面，他看了眼站在兩人中間的走廊上，打扮得嬌麗無儔的林小姐一眼，冷笑道：「今晚我要定林小姐了，多少錢，你開價！」

張勝也已經出了房間，就站在對面，聽見這話哈哈一笑，說道：「不錯，媽咪不用為難，你讓林小姐開個價吧，價高者得。」

衝突愈演愈烈，林小姐的身價不斷攀升，在兩個人競拍一般的喊價下，站在兩人中間的這位林小姐身價一路飆升，從五十萬到一百萬，從一百萬漲到五百萬，現在陪宿一晚的價格已經超越了真正的一線影視明星。

兩個人隔欄叫價，不斷攀比，徐海生聽到張勝把價格喊到了六百萬時，突然想起上次買古董被他陰了一回的事，不禁又怒又笑，他指著張勝道：「哈！六百萬？好，人歸你了。你根本就是一個白癡，這個價錢夠我找幾個黑道一槍幹掉你了！」

張勝攬過那位受寵若驚的小姐，以一副勝利者的姿態滿面春風地道：「承讓，承讓。徐大哥，你可不要嚇我，這裏是香港，不是你的老巢。」

徐海生叼起煙，陰冷地一笑：「香港？哈，香港又如何？有錢能使鬼推磨，小子，看來你是忘了撲街的滋味了。」

說完，徐海生拂袖而去。張勝仰天大笑，狂妄無比地擁著那位身段迷人的林小姐進了包房……

徐海生上了車，臉色還鐵青一片。今晚剛剛成為「蘭」的會員，就被張勝折了面子，他這些年來何曾吃過這樣的虧？張勝原是任他擺佈的一枚棋子，後是被他打得落花流水的一個股市新貴，被他如此挑釁，輕易不動真怒的徐海生忍無可忍了。

「香港？香港又如何？狂妄的小子，你大概以為長江以南已是你的天下了，今天得給你點兒教訓。」

他冷冷一笑，拿起電話打給艾戈，口授機宜一番。艾戈是投靠到他門下的一個黑社會人物，地盤在東北地區，不過他交遊廣闊，通過他的門路聯繫本地黑幫也不難。一接到徐海生的指示，艾戈馬上同香港的黑社會同道聯繫起來。

「有錢，不一定有道。我徐某人根基深厚、手眼通天，豈是你這個撈了幾文小錢就狂妄自大的小子比得了的？今天，老子就讓你見識見識我的手段！」

徐海生惡狠狠地說著，往座椅上一靠，擺手道：「開車！」

車子啟動了，徐海生仰坐在位置上，車子開出好遠，他意念一轉，忽地轉怒為喜起來：這個小子，如此意氣之爭，不過是想給我一個下馬威罷了！嘿，如此沒有城府，怎麼配做我的對手？

聽說，他在深圳發生交通事故，把賓士都扔在了警局，從此再不過問。現在那輛車的真皮座椅裏已經住進了耗子，輪胎都快長蘑菇了，很好，越狂妄越好，你越狂，死得便越快！

經過兩位富豪這一爭奪，那位林小姐在「蘭」的地位急劇飆升，以後再有貴客豪富登門，聽說了這件事，必定對她極有興趣，徐、張二人等於給她做了一次別開生面的廣告，以後不愁生意不火。

所以那位林小姐歡喜萬分，陪著張勝進了包房便曲意逢迎起來。不過張勝進了包房興致反倒淡了下來，和這大美女聊了會兒天，喝了幾杯酒，又在她自告奮勇之下看她跳了段豔舞，便留下一張支票，起身告辭了。

一上車，他的保鏢便緊張地對司機道：「車速加快，路上小心點兒。」張勝不以為然，但是保鏢可不敢大意。

路上很平靜，回到酒店，張勝剛剛打開自己的房門，旁邊周洛菲的房門便「咔嚓」的一聲打開了，她穿著一件黑色的真絲吊帶睡裙，身形有點搖晃，睜著一雙半醉半醒的眼睛問道：「你……去哪兒了？」

一見老闆的準夫人穿著性感的絲質吊裙，裙擺只到大腿根上，赤著一雙光滑的大腿，四個保鏢連忙垂下眼睛，跟張勝和夫人道了晚安，趕緊地退了下去。

「怎麼還沒睡？」張勝皺了皺眉，見她臉蛋嫣紅，頭髮蓬鬆，站也站不穩，便過去扶她，這才嗅到一股酒味：「你喝酒了？」

「嗯！」洛菲甜甜地笑：「一個人……悶，自斟自飲，喝了幾杯。」

說完俏臉一板，又問：「本想找你一起喝的，你去哪兒了？」

「快回去，小心著涼！」張勝把她推進屋子，順手捎上了房門，訓斥道：「你呀，從來不見你喝酒，怎麼今天喝成這樣？」

洛菲挎著他的胳膊，執著地問：「你說嘛，去哪兒了？」

張勝一屁股坐到沙發上，摸出香煙，忽地想到這是周大小姐的芳閨，此時吸煙不免一屋子煙味，便順手扔在茶几上，笑道：「沒什麼，到『蘭』去逛了一圈兒。」

「『蘭』是什麼地方呀？」

「一家會所。」

「會所？」洛菲嗤之以鼻，神態就像一個吃醋的小妻子：「什麼會所呀，說得好聽，還不是……那種地方？」

張勝哭笑不得地道：「你呀你，你懂什麼，看你一身酒味，快去洗漱一下早點兒休息吧，明天一早咱們去香奈兒拍定一下最終方案，就要趕回深圳了。」

「不洗，啊！你回來就好，來，陪我喝兩杯。」

周洛菲雀躍著跳起來，拿過小半瓶紅酒，斟上兩杯：「來，乾杯！」

張勝道：「好啦好啦，天很晚了，不要再喝了，早點兒休息。」

周洛菲斜著眼睛睨他，嫵媚得很：「這麼早，睡什麼覺呀，你去那兒做什麼？」

張勝不想把自己對付徐海生的詳細計畫告訴她，那是他的事，與接手和移交周家財產無關。他笑笑說：「沒什麼，去見一位生意上的朋友而已。」

洛菲一屁股坐到了他旁邊，裙裾上卷，兩條白晃晃的大腿都露了出來，那雙大腿還帶著種少女般的感覺，缺少成熟女人的豐腴感，但是大腿結實光滑，尤其是大腿根部白色的內褲也露出一角，張勝不禁心裏一跳，急忙移開目光，說道：「你呀，醉得厲害，快去睡吧。」

「我不！」洛菲嬌憨地搖他的手：「你說，只是和朋友聊天？有沒有叫小姐？」

「嗯……有！」張勝開始笑，洛菲喝醉的樣子挺有趣的，至於叫小姐，他也不會避諱告訴她，兩人又不是真正的情侶關係。

洛菲眼珠轉了轉，然後微微瞇起：「叫小姐……都做了什麼？」

張勝聳聳肩道：「沒做什麼呀，就是喝喝酒，聊聊天，聽聽歌，還看她跳了段舞，然後就回來了。」

「真的？」

「真的。」

洛菲星眸半醉，想了一想，又問：「跳得好嗎？比我還好？」

張勝終於笑出聲來：「當然沒有，你跳的舞比她好看多了。」

洛菲的語氣有點酸了：「那你為什麼看她跳舞，陪她喝酒，卻不陪我？」

「我的大小姐，我總不能讓你跳舞給我的生意夥伴看吧？」張勝無奈地攤手道。

洛菲啟顏一笑：「現在沒有外人了呀，我跳給你看，你陪我喝酒，好不好？」

張勝開始感覺有點兒不對勁了，吃吃地道：「你……你跳什麼舞？」

洛菲驕傲地一揚頭：「絕對比她會得多，比較有名的舞蹈，就沒有我沒學過的，你以為上流社會的女孩子就只學交誼舞嗎？」

她抱著張勝的胳膊，發燙的臉蛋貼著他肩頭喘息著笑：「肚皮舞我都跳得很出色呢，你要不要看？」

張勝嚇了一跳，連忙擺手道：「算了算了，有機會吧，有機會再說。」

洛菲蹙起眉想了想，自語道：「也是，肚皮舞很耗體力耶，那我跳別的，你等著。」

她不待張勝回答，就跳起來走到桌面打開電視，然後在功能表上找了一首舞曲，點了播放，按熄了大燈，換了橘黃色的台燈，然後蹬上高跟鞋，很開心地站到張勝面前。

面對一個酒鬼，還是一個女酒鬼，張勝除了苦笑，一點兒辦法都沒有。

洛菲隨著舞曲輕輕擺動起身子來，雙手伸在頭頂，手臂交叉，手腕和手擺出很優美的姿勢。

她的吊帶短裙領口開得很低，隨著身體的扭擺，淺淺的乳溝在橘黃的燈光中若隱若現。裙擺因為纖柔腰肢的扭動開始收縮，剛好把臀部包裹起來，配上她起碼高達三寸的銀色細高跟鞋，一雙玉腿顯得分外白皙修長……

音樂節奏很誘惑，洛菲扭動著水蛇般的腰肢，雙手緩緩垂落，交叉搭在肩上，一點一點地將兩根吊帶從肩上往下褪……張勝看得目瞪口呆，一顆心都提到了嗓子眼上，好在她只是做了個誘惑的動作，那兩隻手又向下滑去，貼到了兩瓣後臀上，張勝不禁暗暗抹了一把冷汗。

優美的舞姿的確是最曼妙的肢體語言，張勝忽然發現，洛菲的身材雖然略瘦了點，不過還真是挺不錯的，尤其是那極優美的舞姿，似乎向他發出了極盡誘惑的邀請。

音樂的旋律越來越簡單，幾乎只剩下原始的鼓點。本已酒醉的洛菲一番舞動，醉意更濃了，眼神迷離，檀口微張，房間有一種蠱惑人心的呻吟。張勝一時都分不清那種呻吟般的呼吸到底是傳自舞曲中的配音，還是真的由洛菲所發出來的。

張勝感覺到身體的某個部位開始有了反應，忙換了一個坐姿。洛菲似乎感覺到了什麼，她滿意而魅惑的一笑，手指又慢慢從後臀滑向纖腰，再滑向玉腿，極盡能事地挑逗著他的視覺感官……

「好啦，我跳完了，有沒有比她跳得好看？」變身性感小妖精的洛菲笑盈盈地問。

「啊！好，很好。」如聞大赦的張勝聽說跳完了，不禁鬆了口氣，連忙使勁鼓了兩下巴掌。

洛菲被張勝一番讚美，少女的虛榮心得到了極大滿足，她像是爭回了一口氣似的，開心俏皮地笑道：「嗯，你喜歡就好。本宮要沐浴更衣，上床就寢了，你可以回去睡了。」

張勝一呆，眼睛看向桌上那半瓶紅酒，乾笑道：「我……可不可以把酒帶回去，睡覺喝兩杯，休息一定好。」

「可以呀。」

張勝連忙拎起酒瓶，很自然地垂在身前，遮住他的自然反應，快步向門口走去。

小菲好像沒有看見。張勝用眼角瞟著洛菲的神情，走到門口時，才長長地鬆了口氣。

「切，大色狼！」

身後傳來俏生生的一句斷語，張勝的神聖偽裝立即被剝個乾乾淨淨。

張勝心裏這個鬱悶啊，在這樣的聲色誘惑下，能沒有反應麼？沒有反應的那是陽痿。男人能控制自己的理智，要是誰能控制自己的生理反應，那才見鬼了。

張勝回頭，惱羞成怒地瞪了她一眼。

洛菲正抿嘴偷笑，張勝輕哼一聲，終於放棄辯解，狼狽不堪地走了出去。

望著關上的房門，洛菲臉上故作純真的笑容消失了，她癡癡地看著門口，好半天，終於幽幽一歎，輕輕地說：「你要是喜歡，我以後可以經常跳給你看，你喜歡麼？」

沒有人回答，房間裏靜悄悄的，只有橘黃色的燈光映著她落寞的神色……

第五章

驟然結束的愛

秦若男長長地吸了口氣，搖搖頭，輕輕閉上了眼睛，兩顆淚珠掛在了她的睫毛上：「現在不用說了，一切都結束了。」

張勝不可置信地張大了眼睛：「什麼？若男，你說什麼？」

他一把握住秦若男的雙臂，搖晃著，追問道：

「結束了？我們結束了？就因為我和她曾經的關係？你為什麼這麼迂腐，只因為她是你妹妹，你就要和我結束友情？」

「你還敢說！」秦若男柳眉一豎，眼中突然迸出凌厲的光芒。

因為徐海生撂下的狠話，保鏢們沒有大意，果然，一點多鐘開始，保鏢便發覺樓下開始有人逡巡，張勝的保鏢有四人，兩人留在樓上，兩人裝作出去買宵夜，到樓下逛了一圈，發覺不止樓下，連停車場上都有人圍著老闆的車遊走，腰裏鼓鼓囊囊的，明顯是硬傢伙。

這些人面色不善，聽他們偶爾對答，都是香港本地人。兩個保鏢匆匆上了樓，把張勝叫起來，緊張地說：「老闆，姓徐的果然找了人，是本地的黑社會，聽他們的切口，是和字頭的兄弟。」

張勝聽了神色微微一緊，他穿上睡衣，走到窗口拉開窗簾向外看了看，沉思片刻道：「放心，他們不敢衝進酒店，那樣的話事情就鬧大了，他們未必惹得起六國酒店。」

一個保鏢緊張地道：「老闆，問題是他們現在把咱們圍住了，停車場有他們的人，我怕他們在車子上做什麼手腳，這裏咱們人生地不熟的，一個不慎，很容易出問題的。」

張勝苦笑道：「明天我和菲菲還要去香奈兒一趟，總不成連夜灰溜溜地逃回去吧？」

一個保鏢趕緊道：

「不能走，不能連夜走。他們不敢衝進來，卻在樓下示威，焉知不是為了把我們嚇出去？現在，連車子也不保險了，我們的意思是，老闆是不是同深圳那邊聯繫一下，找朋友弄輛車來，再多帶些人過來。」

另一個保鏢解釋道：「老闆，我們幹的就是這一行，倒不是怕死，不過對方人多，一旦打起爛仗，老闆和周小姐都是斯文人，我們怕照顧不來。您和周小姐要是受點兒傷，我們可擔待不起。」

張勝蹙了蹙眉，點頭道：「嗯，我知道。好，你們去休息吧，我和朋友聯繫一下。」

「是，今晚情形緊張，我們就不睡了，我們在您和周小姐門口守著，老闆請休息。」

說完，那個保鏢走過去，先把張勝房間的窗簾拉得密不透風，這才和其他三人退出去，把房門帶好。

「徐海生真的找了黑社會的人？」

張勝想想，啞然失笑：「急功近利，投機取巧，時刻不忘玩些陰謀詭計，這個人，穿上龍袍也不像皇帝。今天這場戲，本來只是為了讓他輕視自己，想不到還真的激怒了他，倒是意外收獲。」

他滿意地笑了兩聲，又想起保鏢的擔心也不無道理，香港首富的兒子，黑道都敢動手綁架呢，何況是自己？萬一對方真的悍然動手，身邊帶著周大小姐呢，可不能出什麼岔子。

想到這裏，他拿起電話，撥通了一個電話號碼……

早上，張勝和周大小姐在房間裏用了餐，整裝已走出了房間，四個保鏢立即把他們夾在中間，警惕地四下觀察著出了六國酒店的大門。

一個保鏢低聲道：「老闆，您聯繫了國內麼？如果來不及派人過來，我建議咱們搭兩輛計程車離開。」

周洛菲還不知發生了什麼事情，一聽這話立刻警覺地問：「阿勝，出了什麼事？」

張勝向她笑笑，安慰道：「沒什麼，不用擔心，我們的車應該到了。」

他抬腕看看手錶，抬頭向遠處看去，兩輛掛著軍牌的黑色奧迪轎車疾馳而來，戛然停在他們面前。車門一開，一個戎裝整齊的軍人英姿颯爽地走出來，扯扯武裝帶下的衣襟，以一個標準的軍人站姿站在張勝面前，說道：「張先生，我的車已經到了，請上車吧。」

「謝謝你，邱中校。」張勝笑吟吟地和他握握手，扭頭吩咐保鏢道：「照顧小姐上車。」

四周一步三搖慢慢逼近的幾個黑社會分子見此情景都怔住了，有人一轉身摸出手機打了起來，看來是向上面請示如何處理。

張勝輕蔑地瞟了他們一眼，和邱中校一起登上了頭一輛車，兩輛軍牌奧迪疾駛而去。

他們先到香奈兒拍定了禮服款式，然後離開香奈兒，車子匯入大道車流的時候，兩輛軍用卡車突然出現，一前一後把兩輛奧迪軍牌轎車夾在了中間，徐徐向新界方向駛去。兩輛軍用卡車上滿載的都是荷槍實彈的戰士。

後面，一輛麵包車乘坐著六七個不三不四的人物，眼見如此情景，他們摸摸腰間的短傢伙，再看看那些訓練有素的戰士胸前烏森森的衝鋒槍和自動步槍，不禁面面相覷。

車裏，張勝對邱中校笑著說：

「邱大哥，今天真是麻煩你了，在這兒惹了點兒小麻煩，得罪了幾個黑道分子，哈哈，所以……借你的軍威，保個平安，只是……這麼大的陣仗，這人情可太大了，讓我有點兒不安吶。」

「張先生，您別客氣。您對我們軍方家屬十分照顧，部隊官兵對您非常感謝。這件事我一說上面就同意了，禮尚往來嘛，您也不用太在意。本來……我們就要派人回去執行任務的，只是順路而已，哈哈……」

張勝從後視鏡裏看看那輛原本一直緊跟著的麵包車和他們之間的距離越來越遠，也歡快地笑起來……

深圳蛇口碼頭，一艘二百一十二英尺長的純白色豪華遊艇上，張勝和周洛菲小姐舉行了隆重的結婚典禮。除了雙方的家人，來賓還有當地政府官員代表、深圳工商界大亨、影視界名人和一些私募基金經理。

在莊重神聖的樂曲聲中，身穿深色西服、潔白的襯衣上打著淺藍色領帶的張勝，喜氣洋洋地走出船艙，在他身邊的新娘子周洛菲穿著由香奈爾為她獨家打造的華麗婚紗禮服，全身數百顆水晶映著陽光，放射出無數道迷離的光芒，讓她整個人都籠上了一層淡淡的光暈，宛如仙子下凡。

她的一舉一動，讓她無論站在哪裏，都非常搶眼。一支大型管弦樂隊演奏著莫札特的樂曲，豪華遊艇開出了碼頭，駛向公海。著名影藝界人士輪番登台，演唱成名歌曲，特聘的美國舞蹈家在遊艇上把新郎新娘夫婦簇擁在中間，伴著他們翩翩起舞，義大利著名歌唱家登台高歌……

狂歡慶祝一直持續到夜晚，在晚九點十七分，豪華遊艇上的樂隊奏起了《枕著你的名字入眠》。之後，由電腦控制的焰火在歌聲中燃放九百一十七秒，這場令深港兩地津津樂道的豪華婚禮才正式結束。

周家來賓的代表是在兩個年輕人陪同下的周書凱，現在新聞界對於周洛菲的真實背景還是不甚了了，一方面這是由於張勝的保密工作做得好，另一方面是因為時過境遷，找不到知道內幕的人曝料，記者們很難挖掘出一個和七八年前的風雲人物有瓜葛的消息。

優雅的圓舞曲中，各方面頭頭腦腦的人物濟濟一堂，在遊艇大廳中杯籌交錯。張勝換了一身潔白的西服，胸口插著一朵鮮豔的玫瑰花，正滿面春風地周旋在見證婚禮的貴客們中間。

新郎新娘的豪華臥房內，一直扮健忘症的周書凱周老爺子待侍候的人一出去，迷茫的眼神便恢復了神采。他是洛菲父親七拐八繞的遠房堂叔，是洛菲的遠房堂叔公，同時也是周行文經濟帝國的開國元老、中興名臣。但是在周行文功成名就之後，他就已經退居幕後，安心做一個珠寶匠了。

他篤信中國哲學，尤其重視「趙普之學」和「赤松之術」，趙普是趙匡胤的宰相，有句名言叫「半部論語治天下」，其實就是中國官場歷來秘而不宣的「從龍術」，伴君如伴虎，所以要始終謹慎，身居高位，尤其要注意低調從事，萬萬不可奪了老大的光彩。

「赤松之術」是道家的學問，講究的是無為而治，是及時地功成身退，所以周書凱退得早，卻也因此最得周行文寵信，同時周行文倒台的時候，因為他早已退出周行文的領導圈子，沒有受到牽連和重視，也因而被周行文委以重任。

「菲菲啊，你今天的樣子，是叔公見過的最漂亮的時候。」

周書凱讚歎著說，周洛菲只是淡淡地笑了笑，女人第一次隆重地穿上婚紗，就像第一次做愛，不管有沒有結果，總是讓她難忘的。她不知道，在這一天之後，如果有一天她再次披上婚紗，還會不會有今天的感動。

所有的人都只注意了這場婚姻遊戲所代表的金錢利益，沒有人注意她也是個渴望溫情的女人。女人更在乎的是感情，可是沒有人想到這場婚姻對她感情上的影響，她是周家大小姐，這是她必須承當的，誰知道她心底裏的黯然神傷。

似乎她的這種付出，本來就是天經地義的。她不但不能說出自己的感覺，甚至對張勝，也不敢表現出來，寧可在半真半假的打情罵俏中，讓他把自己當成一個有口無心的小妹子，因為她心底裏的驕傲。

周書凱不知是否看清了她眼底的落寞，但是這種成了精的老傢伙即便看出來了也不會說出來的。他微微一笑，從懷裏掏出了一個小冊子，鄭重地道：

「菲菲，成了親，周家的基業很快就會轉回你的手上，咱們周家出頭之日快到了。這本小冊子上，記載的是你父親多年苦心經營，結交的黑白兩道的人脈關係，這是咱們周家不亞於那筆財產的另一份寶貴財富。」

他用蒼老的手指輕輕撫摸著那小冊子，輕輕一歎道：

「可惜呀，你父親鋒芒太露了，我當年就勸過他的，可是那時他正志得意滿，哪裏聽得進去。事發之後，驚動了最高層面，沒有人保得住他，不過……他也沒有供出任何人。這些人不少現在還身居高位，不管是因為以往的關係，因為你父親的保護，他們都欠著周家一份人情。即便沒有這些，因為曾經的關係，重新和他們建立聯繫也容易得很，你是一個女孩子，要操持這份家業不易，現在我把它交給你，有了它，等你成了咱周家的掌舵人，要辦什麼事就容易多了。」

周洛菲接過那小冊子，眼圈有點兒發紅，周書凱又道：「這小冊子，是你父親用特別的方法記載的，他說過，你是讀得懂的。」

「嗯！」周洛菲輕輕應了一聲：「謝謝叔公。」

「咳，都是一家人，都是為了咱們周家，有什麼好謝的。」

周書凱說：「你該出去了，和你先生向大家敬杯酒。」

他走到門邊，握住門柄，輕輕地又說了一句話：

「菲菲呀，如果你真的喜歡了他，這樣怨天尤人是沒有用的，喜歡他……就去爭、去搶、去把握他。女追男，隔層紗，焉知不會弄假成真？」

舞會在子夜時結束了，一對新人回到了他們花團錦簇的新房。洛菲坐在柔軟的婚床上，臉蛋有點兒發紅，眼前的男人……還是以前的那個人，似乎沒有什麼變化，可是看著他，她的心裏總有種特別的感覺。

他是她的夫君，可是法律上名正言順的丈夫啊，現在共處一室，一種曖昧的感覺油然滋生，她想裝著若無其事，可是那種不自在的感覺卻揮之不去。

「你……你睡哪裏呀？」洛菲紅著臉問，眼神閃爍著盯他的腳，不敢看他一眼。

「我睡沙發就好，也很寬，很舒服呀。」張勝喝了幾杯，臉有點兒紅，他解著領帶對洛菲說。

「哦。」洛菲的嘴唇嚅動了一下，沒有再說什麼。

張勝忽然坐到了她旁邊，臀旁一陷，洛菲緊張了一下，心口不爭氣地急跳起來。

「洛菲……」張勝忽然握住她的手，鄭重地看著她：

「婚姻不是兒戲，可我們必須得通過一場婚姻遊戲來逃避法律的追索。這件事，不是我的錯，也不是你的責任，人是無法跟天鬥的，有時候……生活想開我們的玩笑，我們毫無辦法。可是……你不是希爾頓那種遊戲人生的豪門千金，無論如何……我對你有一份歉疚，對不起……」

洛菲看著他，隱忍許久的委屈突然全部湧上心頭，她眼中大顆大顆的淚珠撲簌簌地滾落下來，她突然一把抱住張勝，撲到他懷裏放聲大哭。

她哀哀地哭著，肩頭不住聳動，眼淚濡濕了張勝的襯衣。

「別哭了，乖……」張勝輕拍她削瘦的肩膀：「你可是一個小淑女……」

洛菲忽然握起小拳頭，在他胸口狠狠捶了兩拳，哽咽道：「去他媽的淑女，人家哭一哭都不行嗎？」

張勝苦笑：「好好，你哭，你哭，哭出來，就開心了……」

夜深了，張勝側臥在沙發上，已經進入了沉沉的夢鄉。

洛菲躺在柔軟的婚床上，大張著雙眼，毫無睡意。

每個少女都幻想過她最浪漫的洞房花燭夜是何等風光，而現實卻擊碎了她心中的夢想。這樣的夜晚，實在是她以前想都沒有想過的。

躺在沙發上的那個男人，不止是她合法的夫君，還是她……真正喜歡的男人呀。

她咬咬唇，悄悄地從床上爬了起來，赤著雙腳踩著暖絨絨的波斯長毛地毯走到舷窗邊，輕輕向外望去，漫天星斗，海面如墨，近處，有遊輪上的燈火映出的萬道金蛇。

出神地看了一會兒，她又躡手躡腳地走回來，走到張勝身邊，悄悄地蹲了下去，歪著頭打量他的睡姿。

他睡著的樣子很可愛，性感的嘴唇、直挺的鼻子、濃眉下一雙閉起的眼睛，眼睫毛居然很長，好像比她還長。

洛菲嫉妒地皺了皺鼻子：「男人長這麼長的眼睫毛做什麼！」

張勝的睡毯滑落了，洛菲小心地幫他往上提了提，然後托著下巴看他，眼波流轉，看著看著，她那俏臉便不知不覺地紅了，她伸出一根纖細的手指，想去撫摸張勝的嘴唇，可是快要沾上他的嘴唇時，卻被他鼻子裏噴出的氣息給嚇著了，刷地一下又縮了回來。

她歪著腦袋仔細看看，張勝睡得很香，一點兒都沒有察覺。

洛菲想了想，忽然扶著沙發小心地跪下，這一來她的身高就與睡著的張勝平齊了。然後，她側著腦袋，小心地往上湊，離張勝的臉越來越近時，她猶豫了一下，然後閉上眼睛，鼓起勇氣湊上去，用她柔軟的嘴唇飛快地吻了張勝一下，然後跳起來就跑。

她跳上床，拉過一床被子，把頭整個都埋了進去，心跳得咚咚直響，她忽然發覺腳丫還露在外面，急忙也縮進了被子，逃避似的躲了半晌，沒有發覺有什麼動靜，這才像隻小鼴鼠似的探出頭來，悄悄抬起看向張勝，見他還在熟睡，這才放心地把頭枕到了床單上。

過了好久，那種甜蜜、興奮、緊張的感覺才漸漸消失，讓身體鬆弛下來，她輕輕地歎了口氣：床上好冷，真想有個溫暖的懷抱靠靠……

澳門博彩經營權正式開放了，幾十年來賭王一家獨大的局面結束了，拉斯維加斯和蒙特卡洛兩大賭城的經營者都看到了東方這個賭博聖地的巨大商機，紛紛趕來爭奪。

張勝即便傾其所有，也未必能和這兩個地方的世界級博彩巨頭競爭，但是笨鳥先飛，他和侯賽因的前期運作產生了效果，再加上他是大陸人，給賭王的危機感遠不如來自拉斯維加斯和蒙特卡洛的人，僅僅考慮戰略緩衝的目的，他也希望有張勝這樣一個人參與進來。

最後，張勝和侯賽因的博彩公司擊敗眾多對手，成為與拉斯維加斯賭場、蒙特卡洛賭場同時獲得澳門博彩業經營權的一家。

澳門特首官邸門前張燈結綵，地上鋪著紅地毯，各方賀客如雲，參加觀禮的主要是各方賭界高人，四周觀光客更多。

澳門特區在官場中是省部一級的級別，可特首官邸的規模卻小得趕不上國內縣裏的一個局，正所謂小政府、大社會，誠不虛言。

特首正在向公眾致辭，對加盟澳門博彩業的美國、摩納哥、摩洛哥與大陸四方代表表示歡迎，張勝與新婚妻子周洛菲也站在人群中，夫妻二人衣著光鮮，態度雍容。

周洛菲舉止氣度十分不凡，和人低語笑談令人如沐春風，和不同客人交談時，都能流利地用英語、法語、閩南語、粵語和普通話交談，使人對這位張夫人刮目相看，大贊她有旺夫之相。

此時，特首已經介紹完了來自拉斯維加斯和蒙特卡洛的客人，正介紹到中摩合資、以大陸傳奇股市大亨張勝為董事長的勝文博彩公司。

特首介紹道：「張勝先生是我們大陸的一位成功人士，年輕有為、青年俊傑，在資本市場上，是一位極成功的投資家，他的成長經歷實為當代青年之楷模，同他合作的來自摩洛哥的侯賽因先生，是一位經驗豐富的博彩業行家。我們相信，他們兩位的合作，一定是珠聯璧合，非常期待他們的博彩公司能夠在強者如雲的澳門博彩業界脫穎而出，獨樹一幟。下面，請張勝先生上前，同大家說幾句話。」

張勝和周洛菲低語幾句，周洛菲嫣然一笑，向丈夫投去鼓勵的一瞥，笑看他走上台去。

「謝謝鏵哥，鏵哥的讚譽，小弟愧不敢當。」

張勝上台，先開玩笑地和特首說了幾句。一句「鏵哥」出口，四周人群立即發出一陣笑聲，掌聲四起。特首在當地極有人望，當地人都親切地叫他「鏵哥」，方才兩位博彩公司代表都尊稱他何先生，張勝這一句「鏵哥」，不但立即拉近了和他的關係，也令四周觀禮的本地人頓覺親切。

「鄙人張勝，謝謝大家的支持，一直以來，張某都在股票期貨市場上博弈，不過……股票期貨市場同樣做為賭場，遠不如博彩業的精彩，張某把全部身家押在這兒，是因為……我相信在特區政府的支持下，澳門博彩業會做大做強，最終成為當今世界最大的博彩市場，我相信澳門博彩業的前途似錦，我相信澳門特區的前途一片光明，我相信我會和澳門特區的百姓們一樣，財源滾滾、事業發達。」

台下響起一片雷鳴般的掌聲，張勝一邊演說，一邊頻頻揮手示意，他的目光從澳門賭王、合作夥伴侯賽因先生、妻子周洛菲的臉上一一掃過，人群中，他突然發現一張熟悉的面孔。

她穿著一襲玄衣，黑衣黑褲，雪白的肌膚欺霜賽雪，神情冷俏生豔，恰如一朵雪中寒梅。她戴著墨鏡，遮住了眼睛，可是張勝還是一眼就認出了她。

張勝手揮在空中，聲音停滯了片刻，眼中露出驚喜無限的光芒。他沒想到，若男會無聲無息地出現在這兒。她是來恭喜我的麼？臉色有點兒不對勁……我明白了，她是看到我剛才和洛菲的親密，有些吃醋了。

張勝眼中露出一抹笑意，他匆匆結束了致辭，和特首親切地握了握手，然後退到了台下。侯賽因先生整了整袍子，昂首闊步地上了台，一串鄭重其事的阿拉伯語通過麥克風傳了出來，正在大家聽得雲山霧罩的時候，他突然又用純正的漢語講起話來。

摩洛哥素有「北非花園」的稱號，是海與沙的幻景天堂，風景之美無以倫比。該國歷史上曾一度被法國和西班牙所統治，因此官方語言是阿拉伯語，法語和西班牙語也同樣為大多數國民所熟悉，所以該國民眾很有語言天賦，侯賽因的漢語說得就十分道地。

侯賽因先生在台上高談闊論的時候，張勝已經走到台下，他先趕過去和洛菲低語幾句，洛菲向秦若男的方向看了看，輕輕點點頭，臉上露出微帶澀意的笑容。

張勝在她點頭時，已迫不及待地向秦若男走去。

「若男，你怎麼來了，事先都沒告訴我。」張勝滿眼欣喜。

秦若男抬起手，慢慢把墨鏡摘了下來。

「若男……」張勝一怔，忽然覺得有些不對勁，眼前這個人長相與秦若男一模一樣，但是秦若男不可能是這樣的神情，一種陌生極了的眼神，難道有人和她長得如此相像。

「張勝！」她冷冰冰地吐出兩個字。

「嗯……真的是你？」張勝驚喜道。

秦若男嘴角慢慢綻起一絲笑容，很淒豔的笑容：「不然，你以為我是誰？」

「我……你怎麼了？若男，發生了什麼事？」

「你還敢問！」

秦若男突然爆發了，她一甩墨鏡，一把抓住張勝的胸口，伸腿一勾，墊步擰腰，「嗨」的一聲旋身把張勝掄了起來，一個七十多公斤的大男人竟被她風車似的掄了起來，狠狠地擲了出去。

侯賽因先生站在只有兩步高的小高台上正講得眉飛色舞，忽然看見他的合作夥伴張牙舞爪地從眼前飛了過去，不由一愣。

地上雖然鋪著紅地毯，可張勝這一跤要是摔實了，起碼也三天下不了床。好在吉人自有天相，侯賽因先生四個身手不凡的老婆就站在旁邊，一見張勝被人摔了出來，四個靜若處子的蒙面女子發一聲喊，齊齊地跳了出來，抓手的抓手，抓腳的抓腳，在張勝落地的一剎那，一下子把他抓住了。

秦若男厲喝一聲：「張勝！你這個無恥的混蛋！」

她縱身一躍，撲過來還要施以拳腳，那四個阿拉伯女人哪肯讓她把老公的親密戰友打成殘廢，頓時放下張勝，一下子把她圍在了中間。

現場頓時大亂，戴著黑墨鏡的各位大亨的保鏢扯著主子就走，生怕有人趁亂害了他的老闆；十多名特警也一擁而上，把特首圍在中間，架起來就往特首官邸裏跑，看熱鬧的老百姓卻一窩蜂地往前衝，把四周擠得水泄不通，想跑的誰也跑不了。

現場一片混亂，張勝坐在地上，一臉霧煞煞地喃喃自語：「發生什麼事了，若男為什麼這麼對我？」

侯賽因先生匆匆跑下台，問道：「張先生，你沒事吧？」

「我沒事……喂喂喂，告訴你老婆，不要傷了她。」

秦若男身手不凡，可這四個賭場上的女高手人人不在她之下，一對四她可不是對手，其中一個女人還突然擲出了一副撲克牌，撲克牌劃破空氣，呼嘯著漫天飛舞，真比拍賭片還精彩。四下各家電視台的攝影記者們此時表現出了良好的職業素質，沒有一個人扛著攝影機逃命的，全都緊緊抓拍著現場實況。

侯賽因先生腦袋搖得跟撥浪鼓似的，左看右看了半天，才伸手一指道：「在這裏，沒有人傷他。」

此時，洛菲正好跑到張勝面前，問道：「阿勝，你怎麼了？」

張勝跳起來頓足道：「我說的是那個，穿黑衣服的那個。」

侯賽因恍然大悟道：「啊，原來是家務事，阿依莎、艾乃哇爾、塞麗萊、依麗哈姆，不要動手！」

四個女人聽到丈夫的命令，收拳退了回來，娉娉婷婷地站在那兒開始整理衣衫。張勝走過去問道：「若男，到底發生了什麼事，你為什麼這麼對我？」

這時，張勝的保鏢也衝到了跟前，把他緊緊護住，秦若男眼見不能再狠狠揍這喪盡天良的小子一頓，冷哼一聲，轉身就走。這時，一大群特警已經持槍把她包圍了起來。

「鏵哥，請不要動手，她……她是我極親密的朋友！」張勝急忙高聲叫道。

這時，特首和賭王在一大群保鏢的保護下也走了回來。

賭王有些不悅地問：「張先生，這到底是怎麼回事？」

張勝是他力向特首舉薦的人物，現在他卻攪了一場盛事，作為舉薦人，賭王也覺得臉上無光。

張勝苦笑兩聲，無奈地道：「實在對不起，她……是我的朋友，今天的事，純屬誤會。這是我個人的一件私事，請……不要難為她。」

周洛菲見狀也連忙幫腔：「實在對不起，這位小姐，的確是我先生的朋友，她並無意搞亂典禮……」

見此情景，特首、賭王、侯賽因先生都明白了幾分，三個男人一臉同情，同時大搖其頭，一臉的不以為然。

賭王先生老婆一群，那就不用說了，侯賽因先生也是，至於這位特區首長，他的父親娶了五個妻子，育有六兒七女，他自己雖然正式的妻子只有一位，不過在外面也並非沒有情人，為此競選時他就公開承認「做過幾件對不起太太的事」，對這種事自然司空見慣。

特首擺擺手，讓特警把秦若男放走，然後語重心長地對張勝道：

「張先生，你在投資和經營方面的能力，我是很欣賞的，不過很顯然，你在家庭方面還需用點心思。我的父親妻室很多，但是沒有吵吵鬧鬧的，彼此親如姐妹，相處融洽，幾十年來都是溫馨和睦的大家庭，家和方能萬事興。」

「是的，哦……多謝教誨！」

賭王瞟了他一眼，用一副長輩的口吻說：「張先生，我想你應該好好管教管教她，女人，不能太寵著！」

「是是是……」張勝汗都下來了。

侯賽因搖著一蓬大鬍子，好心地規勸道：

「張先生，女人只是男人的附庸，應該對她的丈夫絕對服從，這樣霸道的女人，你應該在她面前樹立絕對的權威……」

張勝眼看著揚長而去的秦若男，心急如焚，可是又不便拋下他們拔腿就追，洛菲適時解圍道：「何先生，我想……還是安撫一下觀禮的賓客，繼續我們的典禮吧，我可以代我先生向大家道歉，並做個解釋。」

她向張勝使個眼色，張勝會意，忙道：「是啊，還是先把發佈會繼續下去吧，我……去追她，把問題搞清楚。」

說完，張勝擠出人群，向秦若男追去……

張勝追到海邊，秦若男正臨風而立，張勝停下車子，緩緩走過去，後邊尾隨而來的幾個保鏢互相看看，不約而同地轉過身去，雙手插在風衣裏東張西望。

今天天氣有些陰沉，整個海面彌漫著一股妖異之氣。張勝站在秦若男背後，嘴唇張合了兩下，卻什麼也沒說，只是靜靜地站著。

他還是不知道發生了什麼事，但是卻直覺地知道一定是他無法解決的大事。想到這裏，張勝臉色一白。

「若男，怎麼了？」張勝提著心問道。

秦若男拭了拭臉上的淚痕，慢慢轉過頭來，看著這個曾經讓她深愛過、如今又無比痛恨的男人，腦海中不禁想起了若蘭對她說過的話：

「姐姐，對不起……」

「你亂講什麼呀，你哪有什麼對不起我？妹妹，不要再哭了，你說話呀……」

「對不起，真的對不起，他……他是我以前的男友，我就是因為他……才出國的。他應該知道……你是我姐姐，可他卻一直不告訴你，我沒想到他的心胸如此狹窄，他一定是因為我才報復你，是我害了你，我該早點兒告訴你的……」

秦若蘭哭著把所有的事情原原本本地告訴了姐姐，姐妹倆相擁哭泣……

秦若蘭唯一擔心的，就是他是不是有目的地接觸姐姐，是不是在利用姐姐，所以才叮嚀萬囑咐，又說如果他沒有惡意，她希望姐姐能和他共結連理，千萬不要因為她和張勝之間的過去，傷害了姐姐和他之間的關係。

想到這裏，秦若男又是一陣心酸。

路上，她曾仔細回想過和張勝交往的點點滴滴，記起張勝曾經和她打電話說過的心事，她終於知道張勝在手機裏說過的那個讓他矛盾不已的女孩到底是誰了，他……和妹妹上過床……

她知道，張勝對妹妹是沒有玩弄之心的，那時候，他們彼此還不相識，手機裏的交流一定是他真正的心聲。可是，他為什麼後來追求自己？當他知道自己的名字時，他還不知道自己是誰嗎？也許……正如妹妹所說，他是因為報復妹妹的離去……

想起妹妹因他的不幸，秦若男悲憤欲絕，也許他完全是把自己當成打擊妹妹的工具，她心如刀絞。秦若男強抑住暴打他一頓的衝動，噙著淚，臉上帶著慘澹的笑容，質問道：

「你還追來做什麼？你的目的已經達到了，我妹妹一生的幸福都葬送在你的手裏，你還不滿足嗎？你還要怎麼樣？」

張勝恍然大悟：「你……已經知道了？」

「我當然知道了，你能瞞我多久？我……真該一槍崩了你！」秦若男咬牙切齒地道。

張勝臉色有些發白，他突然憤怒起來，大聲嚷道：

「若蘭，她想怎麼樣？是！我和她之間是有過一段情，但那已經是過去了，我沒有一絲惡意，為什麼我不能夠開始新的生活！」

秦若男的臉色變得古怪起來，她定定地看著張勝，慢慢地問：「你……不是因為報復妹妹的決然離去？」

「不是！我沒有那麼蠢，犧牲自己的婚姻和愛來報復一個人嗎？不錯，知道你是她姐姐時，我是猶豫過，但因為我們早就談得來了，我們接觸越多，我對你的好感就越多，這些雜質早就淬煉得乾乾淨淨。我敢說，當我離開省城的時候，心裏有那麼點兒依戀，僅僅是因為你，和她沒有半點兒關係，張勝若有半句假話，必遭橫死，屍沉大海！」

秦若男的臉上有片刻的迷惘，她喃喃地道：「為什麼，為什麼你不告訴我，你和妹妹曾經的關係？」

張勝嘴角露出一絲無奈的苦澀：「若男，我曾想以後告訴你，可是隨後就發生了一系列的事。」

他低下頭，輕歎道：「我本想……等解決了周家的事，再原原本本告訴你的。」

秦若男長長地吸了口氣，搖搖頭，輕輕閉上了眼睛，兩顆淚珠掛在了她的睫毛上：「現在不用說了，一切都結束了。」

張勝不可置信地張大了眼睛：「什麼？若男，你說什麼？」

他一把握住秦若男的雙臂，搖晃著，追問道：

「結束了？我們結束了？就因為我和她曾經的關係？你為什麼這麼迂腐，只因為她是你妹妹，你就要和我結束友情？」

「你還敢說！」秦若男柳眉一豎，眼中突然迸出凌厲的光芒。

張勝下意識地鬆開了雙手，隨即同樣惱怒地吼起來：

「我為什麼不敢說？當初，的確是我的感情左右搖擺、無法決定，才傷了她的心，才失去了她。可是我們已經結束了，她離我而去，在我入獄的時候，她已另結新歡，她找了個英俊富有的外國男友，還是一位男爵。她已經找到了自己的幸福，我為什麼就不能追求自己的幸福？」

秦若男慘笑起來，淚水又潸然而下：「她幸福嗎？是啊，她真的好幸福、好幸福啊。」她突然嘶聲吼道：「你知道她現在過的是什麼日子？你知道嗎？王八蛋！」

她突然揮手，一掌摑在張勝的臉上，發出清脆的響聲：

「她因為你，才傷心出國！她因為你，才騎上烈馬排遣寂寞！她因為你，把自己摔成了殘廢！兩年多了，她日日以輪椅為伴，雙腳再也不能踏上地面！她曾經是個那麼健康、可愛的女孩，全都是因為你！」

秦若男捂著臉啜泣起來：「天吶，我的妹妹，我的親妹妹，被你害得纏綿病榻，要被人抬上床才能休息……」

張勝整個人都石化了，嘴裏反覆只說著一句話：「怎麼會……怎麼會這樣……」

秦若男哭泣了好久，才瞪著他，咬著牙說：

「她為什麼沒有再回國？因為她殘廢了，她不想讓你看到她的樣子，她寧願在你心裏永遠保持最完美的印象；她為什麼對你入獄置之不理？因為她根本就不知道，浩升和哨子他們根本就沒有對她說過！」

張勝什麼都說不出來了，他呆呆地站在那兒，眼神呆滯地看著若男。

秦若男傷心地轉過身，拖著沉重的步子向碼頭方向走：「我……根本不該來見你！」

「若男！」張勝失控地撲上去，一把拉住了她的手。

秦若男冷冷轉頭，目光如刀：「放手！」

「若男……」

「我妹妹……現在所遭遇的一切，都是拜你所賜！我要什麼樣的心腸才能坦然地面對你？你告訴我！」

「我……」

「張勝，給我一個理由，你給我呀！」

「我……」張勝拉住她的手越來越軟弱，越來越無力。

秦若男掙脫了他的手，迎著海風，在嗚咽的海浪聲中說：「如果……你對她還有一點情意，那就去看看她吧，她還……一直愛著你！」

第六章

追回自己的女人

追回自己的女人，有時候光憑一顆真心還不夠，
男人追女人，就像一場獵人和狐狸的遊戲，
有時候，必須要用些手段的，他現在情劫纏身，
無論怎麼做，都不免要有人被辜負、被傷心，
所以，他突然萌生了一個大膽的念頭。

周洛菲的車到了海邊，她一走下來，幾個正在周圍閒逛的保鏢便立即迎上去，恭謹地道：「夫人。」

「先生呢？」

「張先生在海邊。」一個保鏢指了指海邊，張勝坐在一塊礁石上，雙肘拄在膝上，正俯視著海浪吸著煙。

周洛菲點點頭，向他走過去。

洛菲穿著一套高檔白色香奈兒女裝，她的高跟鞋踩在沙灘上有些吃力，走到岩石邊，她借了把力才爬上去，坐到了張勝身邊，拍拍手說：「方才的事已經平息了，沒有引起什麼後果，不過……可能明天會有一些媒體把這事發佈出去，你要有點心理準備。」

張勝望著一起一伏的海浪沒有說話，洛菲看看他的神色，低聲問：「怎麼回事？」

張勝張開一隻手把她攬在懷裏，撫摸著她柔滑的秀髮，把自己和若男姐妹倆的故事一五一十地說給她聽，包括小璐和鍾情。從他開小飯店失敗，一直講到方才……

天色已經暗下來了，天空卻晴朗起來，殘陽如血，海面一片暗紅。

「菲菲，我現在真的不知道該怎麼辦才好了，我也沒想到，會有一天把事情搞得這麼糟糕。她們每一個，我都欠了一身還不清的情債，我該怎麼辦才好？」

「菲菲呀，如果你真的喜歡了他，這樣怨天尤人是沒有用的，喜歡他……就去爭、去搶、去把握他。女追男，隔層紗，焉知不會弄假成真？」叔公的這句話陡地在耳邊響起，洛菲心中一動，忽然發覺，如果她想爭取張勝，那麼……現在最好的時機已經來了。

她抬起頭，看向張勝。張勝正茫然看著她，就像一個溺水的人，哪怕是一根稻草，絕望中的他也想抓住。

周洛菲看著他痛苦憂傷的眼神，原本的想法一掃而空，她不由自主地說：「人生無常，一切皆空，唯有因果不空，如果把現在看成果，那麼若蘭小姐就是因。於情於理，你都該去看望她。如果要解開，可能一切都要著落在若蘭小姐身上。」

張勝聽了她的話，望著海水又出了會兒神，然後緊了緊她的肩膀，低聲說：「謝謝你，洛菲，我們回深圳。」

「回深圳？」

「嗯！」張勝笑笑：「該做的事要做好，我可不想在事業上也惹下一屁股債。」

他站起來，看著大海的盡頭，輕聲說：「英國，我會去的！」

「純血馬很難飼養的，如果照料不周生病是常事。得常跟牠聊天，給牠一些喜歡的零食

『賄賂』牠。馬是一種很有靈性的動物，你愛護牠，牠都記在心裏，聽見你的腳步聲，牠就會歡喜地伸出腦袋來迎接你，老是見不到主人，牠就會焦慮不安，像小孩一樣鬧脾氣。」

秦若蘭親昵地拍拍馬首，轉動輪椅，靈巧地從馬廄裏滑出來，剛剛聘來的那個工作人員跟在她後面，聽著她的解說。

「照顧馬匹是個要有愛心才幹得了的活，必須每天給牠洗澡，一天最少餵四次料，尤其是晚上十一點和凌晨兩點餵料最重要。你只負責照料牠就好，我不會安排別的事給你……」

「秦小姐……」一個女僕出現在馬廄門口：「有位從東方來的先生要見你。」

「從東方來的，什麼人？」秦若蘭疑惑地問。

「他說，他叫李浩升。」

「浩升，他怎麼來了？」秦若蘭臉上露出一絲喜色，自從姐姐離開，她們溝通並不多，打過幾次電話，姐姐都簡短地告訴她，她現在過得很好，叫她不用擔心，至於和張勝的關係則閉口不談，把若蘭急得不行，她已經動了一次回國的念頭了，只是雷蒙還沒有回來，她現在就相當於小島的女主人，實在無法脫身，想不到表弟突然趕來了。

她急忙推動輪椅，問道：「他在什麼地方？」

「在客廳裏，小姐，他正在喝茶。」

秦若蘭推著輪椅，急急趕進客廳，從邊門一進去，就看到兩個西裝男子正坐在椅上，背對著她，身旁桌上放著一杯茶。

「浩升，你怎麼來了？」若蘭叫道。

那個男人應聲站起，轉過身來。

秦若蘭一眼望去，臉色刷地一下變得雪白，再也不見一絲血色。

「若蘭！」張勝看到秦若蘭時有剎那的失神，她的容顏還和以前一樣俏麗，只是眼神多了幾分成熟的滄桑。她坐在輪椅上，看到自己時臉色慘白如紙，那神情看得張勝為之大慟。

他來之前已經知道若蘭現在的情形，已經有了心理準備，可是這一刻看到了她，看到這個曾經牽著一隻小狗、穿著一雙松糕鞋，從他面前走過的可愛女孩如今只能以輪椅代步，那種強大的視覺衝擊，還是一下子把他擊懵了。

「不，我不認識他，請他離開，請他馬上離開！」秦若蘭倉皇地說著，忽然調轉輪椅，逃也似的往後走。

「若蘭，你停下，聽我說。」張勝急忙追上去。

「先生，請您離開！」那個女僕及時擋住了他。

「我認識她，她是我的女朋友，請不要阻攔我。」張勝急急地說。

旁邊一個西裝男子叫羅伯特，是張勝聘請的翻譯兼嚮導，他迅速把話翻譯給那個女僕聽，那個年輕的金髮女孩遺憾地搖搖頭：「對不起，先生，秦小姐不想見你，一個紳士，不該強迫一個女孩的意志。」

張勝眼見秦若男的輪椅已將拐過壁角，急呼道：「若蘭，你不想知道你姐姐現在怎麼樣嗎？」

秦若蘭一下子定在那兒，過了許久，她忽然轉了過來，像一個俘虜，垂著頭，很艱難地推著輪椅，一寸一寸地挪了回來。

當她走到張勝身前時，張勝深深吸了口氣，壓抑住心頭的激動，對那位女僕說：「小姐，我想和秦小姐單獨談談。」

聽了翻譯說的話，那個女僕看看他們，聳聳肩膀，悄然退了出去，在張勝的示意下，他的翻譯也退到了外面。

「若蘭！」張勝輕輕走過去，單膝跪在若蘭面前，抓起了她削瘦冰涼的小手，仔細打量著她。她的容顏清麗如昔，黑髮柔亮，鼻樑翹挺，一對晶亮的黑瞳彷彿冬夜的星辰，閃動著迷離的淚光。

她還是那樣美麗，但是她從來沒有顯得如此柔弱，站立對這個美麗的女孩來說，已是一件最奢侈的事，張勝再也忍不住淚水潸潸落下。

「我……不需要你為我哭泣，不需要你憐憫我，那比殺了我還難受……」秦若蘭僵硬著嗓音說道。

「我不是憐憫你，我是心疼……若蘭，你在這裏發生的一切，我完全不知道……」

「我姐姐怎麼了？」

「你聽我說完。若蘭，當初聽說你離開的時候，我就後悔了，那時我才明白自己的心意。我開著車追到機場去，我想對你說，說出應該對你說卻一直不肯說給你聽的那三個字。我趕到機場時，你的飛機剛剛飛走，我快急瘋了，我當時甚至想對機場詐稱飛機上有炸彈，好把你誆回來。」

秦若蘭吃驚地抬起頭，這些事她一樣完全不知道。

張勝哽咽道：「你走的第二天，我為你點了曾經唱給你聽的那首《一剪梅》，還有那首《流光飛舞》，所有的電台在那個時段都在唱，我知道你聽不見，可我就是想唱給你聽。」

秦若蘭聽得淚流滿面，如果她早知道張勝為她所做的一切，她怎麼會走到今天這一步。經過對感情懵懂無知的磨合碰撞期，他們現在可能已經幸福地生活在一起了。

張勝道：「當時，公司經營遇到了極大的困難，忙得我焦頭爛額，本來……我想等事情一解決，就飛來英國找你，誰知因為公司註冊時虛假注資的事，我被拘押了。在看守所裏，浩升他們來看我，還拿了你的照片，說你已經有了男友，他叫雷蒙，還是一位世襲男爵。那時……我還能怎麼想……」

秦若蘭聽得心都碎了，一切都是陰差陽錯，現在真相大白了，可是那又如何？破鏡難圓、覆水難收。即便她想回心轉意，可是她能改變自己已是一個廢人的事實嗎？她能抹殺張勝和姐姐的戀愛事實嗎？

她咬緊牙關，抑住自己的淚水，艱澀地說：「你……告訴我，你和我姐姐是怎麼回事？你是不是因為我……因為我一怒而去，所以遷怒我的姐姐，是不是？」

「若蘭？」張勝茫然片刻，苦笑一聲說：「我和她相識的經過，想必她已經說給你聽了。那時候我剛剛出獄，意外地聯繫上了以前常在手機上聊天的她，對她萌生了好感。後來，我知道她的名字時，便知道她是你姐姐了，可是我想……即便如此，我和你……分手已是事實，我和她交往總沒錯吧……」

秦若蘭心裏一痛，她看著張勝，追問道：「你和姐姐交往，沒有任何不良目的？」

張勝猶豫了一下，勇敢地抬起頭：「是，那時，你和小璐都已經離開了我，我是真心地和她交往。」

秦若蘭聽到這裏，仰起頭來，深深地吁了口氣，好像呼出了滿腹的辛酸：「那就好，勝子，這不是你的錯，這是我的命，我認了。我也不再奢望什麼，只希望……」

秦若蘭一下子伸手捂住嘴，掩著撲簌而下的淚水。

「你說得輕鬆，若蘭，你這個樣子，你姐姐會原諒我麼？」

「我的傷，不關你的事，我是因為你負氣出國不假，可是沒理由把我騎馬摔傷的責任算到你的頭上。」

張勝苦笑一聲，說：「感情上的事，如果都能用理智來解決，我們兩個也不會走到今天，是不是？我們做不到，又如何奢求別人做得到？而且，今天看到你這樣子，我才理解若男是一種什麼樣的心情。我會以為，我所擁有的幸福，是建立在你的犧牲和痛苦之上。」

秦若蘭忽然抬頭看著他，問道：「你什麼意思？」

張勝又道：「若蘭，我做過太多的混賬事，現在是混賬得一塌糊塗，不管我接受誰、離開誰，都要有所辜負。換做是你，換做任何一個人，會有一個完美的解決方法嗎？沒有！所以……我決定……混賬到底了！」

「你……什麼意思？」

「我要繼續兩年前沒有完成的心願：追回你！」

客廳裏靜默了很久，才傳出一聲憤怒的驚叫：「你混蛋！」

「我承認！」

「你無恥！」

「我承認！」

「你去死吧！」

「總有一天會的。」

張勝和他的翻譯及嚮導羅伯特、四個保鏢並排站在海邊沙灘上，看著九百英尺外的那座海島，為數眾多的海鳥在他們周圍盤旋不已，彷彿他們是下凡的天使。

「羅伯特先生，如果我們再上島去……」

「千萬不要！」羅伯特先生急忙道：「那是雷蒙男爵的封地，他有權利驅逐不受歡迎的外人，除非你是政府公務人員，否則強行登島，他的人完全可以開槍。」

「這樣啊！」張勝蹙了蹙眉，苦笑不已。

追回自己的女人，有時候光憑一顆真心還不夠，男人追女人，就像一場獵人和狐狸的遊戲，有時候，必須要用些手段的，他現在情劫纏身，無論怎麼做，都不免要有人被辜負、被傷心，所以，他突然萌生了一個大膽的念頭。

只是，這想法對許多人來說是難以接受的，他雖抱著千萬人吾往矣的勇氣，可以不在乎任何人的目光，但是追求目標他卻不能不顧及，問題是他還沒有說出自己的真正打算，就已經被憤怒的若蘭趕了出來，現在可如何是好？

他游目四顧，突然發現不遠處的山丘上露出一座美麗的塔尖，便問：「那兒是什麼地方？」

「哦，那是公主城堡，正好與艾奇特島隔海相對。」

「公主城堡？是一座紀念館麼？」

「不，那是尼古拉斯伯爵的城堡，風景優美，被譽為公主城堡。伯爵住在倫敦，這兒只在避暑的時候才會來。張先生，您要知道，城堡的維護費用太高了，而伯爵大人目前收入有限，聽說城堡的許多地方已經徹底關閉，一切都是為了節省費用。」

張勝說：「走吧，反正沒什麼事，我們過去看看。」

他們沿著海灘向那邊走去，爬上山丘向下望去，張勝立即被眼前的美景驚呆了。那是一個天堂般的所在，城堡依山而建，鱗次的尖塔狀建築就像童話故裏描述的空中樓閣。城堡三面環山，山谷氣勢磅礴，草木蔥郁。

城堡前方是一個小湖，湖水湛藍成碧，一座夢幻般的小橋架於水上，通向城堡的大門。小湖四周綠樹成蔭，鮮花盛開，環境十分優雅。

張勝讚歎道：「好美的城堡，我們可以進去看看嗎？」

羅伯特先生笑道：「當然可以，一座城堡的維修費用可不低，擁有城堡的貴族都想申請『歷史文化遺產』，那樣能免稅和獲取政府補貼。不過申遺可不那麼容易，所以許多城堡都對公眾免費開放觀光，每年至少開放五十二天，這樣他所有的個人所得稅都可以減免，用來維修自己的城堡。」

「減免所有個人所得？」張勝聽了心中怦然一動，興趣更大了，他一擺手道：「走，我們去看一看。」

尼古拉斯城堡一身清風，飄逸靈秀，城堡周圍是大片的草坪，他們一路走去，成片的鮮花在風中搖曳，前方的湖水清澈而平靜，在風中蕩起波光粼粼，幾隻美麗的黑天鵝在湖面上悠閒地飄蹓著，所有的一切都讓城堡顯得夢幻而美麗，讓人意蕩神馳。

古堡果然是對外開放的，但僅限於部分空間，城堡古色古香，富麗堂皇，一進主客廳的門廊，便看見一個巨大的桌面，是用一個巨大的樹根做成的，底下虯結如龍，桌面平整如鏡，旁邊高高的窗子旁掛著精美的壁毯，一路走去，牆上掛著盔甲、長劍，美輪美奐的各類藝術品和收藏品，精緻的壁爐上懸掛著一位古裝麗人的畫像。

羅伯特先生顯然不是第一次陪同客人來此了，他介紹道：「這是一幢十四世紀建造的城堡，有四十五個臥室，四十七個浴室，還有一個二十米長的舞廳，主建築的牆上都裝飾有豪華的鑲板，地面鋪的是橡木地板。城堡前的湖泊和城堡後的這座山，都屬於城堡範圍，目前對外開放的是花園、鳥舍、草藥園、觀景台。這處城堡設施很齊全，還有工具房、看守房、馬廄和車庫，以及網球場。地下室還有酒窖、洗衣房等等。」

張勝在富麗堂皇的古堡舞廳中站定，看著四周浮雕的騎士和仕女雕像，深吸一口氣道：「羅伯特先生，方才你說尼古拉斯伯爵住在倫敦，而且這古堡的維護費用不菲，是麼？我想知道，這座古堡大約需要多少錢才能買得下來？尼古拉斯伯爵是否有意出售？」

羅伯特先生先是一怔，隨即狂喜起來，嚮導兼翻譯馬上變身為資深房產經紀，他興奮地對張勝說：「張先生，您想買下這座古堡嗎？我想……這件事完全可以商量，如果有二千五百萬英鎊一定能拿得下來。」

他說完馬上又補充了一句：「當然，作為一個盡職的經紀人，我會盡可能地讓您以一個比較便宜的價位得到。」

他舞姿優雅地旋轉了一圈，單手掐腰，一手揚在空中，擺了個標準的騎士起手舞姿，眉飛色舞地道：「得到這位高雅、尊貴、美麗的公主殿下。」

清晨，秦若蘭在林間一邊做著擴胸運動，一邊呼吸著清新的空氣。不遠處，格林先生仍然如癡如醉地吹著他的風笛。蘇格蘭風笛的曲子風格大同小異，都帶著點兒蒼涼的感覺，曲調也有些相似，但是他似乎永遠不知厭倦。

真情像草原廣闊，層層風雨不能阻隔，總有雲開日出時候，萬丈陽光照亮你我……

秦若蘭忽然停止動作，側耳聽了聽，沒有錯，的確有歌聲傳來，格林老人也停止了吹奏，側耳傾聽著。

「這個混蛋！」秦若蘭又驚又怒，打開電動裝置驅使輪椅向歌聲方向駛去。

「布萊恩先生，你見到有人登島嗎？是一個東方人。」

布萊恩正解著他的小艇纜繩，聽見秦若蘭的問話，笑道：「美麗的小姐，在這島上，我只見過您一位東方人。」

這裏是海島唯一的碼頭，四周停放的船隻都是屬於島上居民的，秦若蘭只掃了一眼就全都認出來了，她縱目遠眺，歌聲竟是從陸上傳來，清晨有霧，也看不清遠方。

「老天，這兒距陸地九百英尺，他是怎麼把歌聲傳到這兒的？」秦若蘭恨得牙癢癢的。

真情像梅花開遍，冷冷冰雪不能掩沒，就在最冷枝頭綻放，看見春天走向你我……

歌聲挺有磁性的，秦若蘭冷哼一聲，撥轉了輪椅的方向向她居住的城堡走去。

雪花飄飄北風嘯嘯，天地一片蒼茫，一剪寒梅，傲立雪中，只為伊人飄香……

歌聲陰魂不散，越不想聽越聽得到，這歌一放就是一天，等到中午的時候秦若蘭才收到消息，對岸那座美麗的公主城堡被一個東方人不惜鉅款從尼古拉斯伯爵手中買下來了。這位有怪癖的東方人在城堡裏安置了幾個高音喇叭，不停地播放同一首歌，幸虧古堡周圍沒有其他住戶，否則這麼巨大的聲浪，一定會引起他們的抗議。

歌聲縈繞不絕，秦若蘭無論吃飯、洗澡，那歌聲似乎都無處不在。

傍晚，秦若蘭打通了姐姐的電話，詢問她和張勝目前的情況，兩人聊了很久，臨撂下電話時，秦若男突然說了一句：「若蘭，他有沒有去找你？」

秦若蘭心中一跳，矢口否認：「沒有，當然沒有，我和他……早已經結束了。」

秦若男苦笑一聲：「妹妹，你……不要騙我了，你如果忘了他，怎麼會還在不斷地聽這首歌？記得你說過，你們結合的那一晚，在酒吧聽的就是這首曲子，是麼？若蘭，你們的分開，只是命運開的一個玩笑，如果你還沒有忘記他，我希望你能接受他，祝你們幸福。」

電話掛斷了，秦若蘭怔怔出神，耳邊正迴響著那首令人黯然傷神的《流光飛舞》：

半冷半暖秋天，熨貼在你身邊，靜靜看著流光飛舞

那風中一片片紅葉，惹心中一片綿綿……

歌聲悠揚，聲調不高，但是聽在她耳中，卻如唐僧在孫悟空耳朵吟誦的緊箍咒。

「卡洛琳，請給我一杯紅酒，還有……兩片安眠藥。」秦若蘭頭痛地說。

第二天，秦若蘭無意間發現馬廄新來的那個皮特在餵馬時正在哼唱《流光飛舞》，他還興奮地告訴秦小姐，他發現那匹純血馬在聽著這首歌時神態非常悠閒安靜，也樂於進食。

第三天早上，秦若蘭在林中晨練的時候，看見那個穿裙子的蘇格蘭老人格林先生正在用風笛試著吹奏《一剪梅》。

那個該死的張勝簡直是無孔不入，讓她想忘都忘不了，秦若蘭快被逼瘋了。她趕回城堡，從牆上取下一杆古董獵槍，雙筒獵槍保養得非常好，性能完全沒有問題。她拉動槍栓，檢查了一下，便氣乎乎地向外趕去。

一艘快艇劈波斬浪，最後在一個巨大的海上平台前停下，平台下是一根根由鋼鐵和混凝土建造的巨型圓柱，裏邊是中空的，可以居住數百人，平台上面在戰時是直升機起落平台，現在也建起了一幢幢房屋，不過從外邊看，這些建築只是為了有效利用這裏的空間，完全談不上美觀。

一架半截浸在海水裏的鐵梯通向平台上邊，張勝和身邊幾個人沿著鐵梯爬了上去。自封的巴茨國王的次子薩頓王子煞有其事地要過張勝的護照，在上邊蓋了一個巴茨王國的印章，然後才露出笑容，親切地陪著客人走進他父親的王宮，向客人介紹這裏的一切。

一個頭髮像火紅雞冠的年輕人大大咧咧地迎上來，他穿著一身有些油漬的牛仔服，顯得有些邋遢。薩頓王子介紹說：「這是我弟弟傑米王子。」

傑米王子嚼著口香糖向張勝笑了笑，一隻油污的大手在自己屁股後面蹭了蹭，才伸向張勝。張勝不以為嫌地笑了笑，同他握了握手。

薩頓王子笑道：

「他可是世界頂級駭客，負責幫助博彩公司維護伺服器，測試安全系統。如果張先生有意在此註冊成立網上博彩公司，我弟弟將是一個很好的幫手。」

「當然，網上博彩對我來說是個很新鮮的東西，我想請傑米王子向我介紹一下這方面的知識，如果可能，我不止會聘請傑米王子做我的程式師，還可能聘請傑米王子擔任我的網上博彩公司的高級管理人員。」張勝笑吟吟地說道。

聽了翻譯說的話，傑米王子眼睛一亮，原本有點兒輕浮的表情變得認真起來，他禮貌地說：「張先生，請跟我來，我帶你參觀一下幾個網上著名博彩公司的網站伺服器。」

他按動牆上一個按鈕，牆壁向兩邊閃開，一個透明鋼化玻璃的電梯出現在眼前，張勝和他走進去，電梯垂直向下沉去。

「這裏的電腦伺服器是世上最先進的，各大博彩公司在這裏建立伺服器後，在他們所在的國家和其他地區通過終端連接登錄後台來管理，他們留在這兒的只有一些安全人員和技術人員。這些著名博彩公司什麼都賭，足球、藍球、網球、賽馬……一切有名氣的比賽。」

「這個世界上有能力趕到幾大賭博勝地直接參賭的畢竟是少數，隨著網路的普及和流行，越來越多的年輕人開始通過網路來參與賭博。他們現在是年輕人，十年後他們就是社會的中堅力量，二十年後他們就成為世界財富的主要掌控者，我敢斷言，網路博彩的模式終有一天取代世界四大賭城，成為全世界交易額最龐大的地方。」

張勝微笑著說：「是的，我也相信這一點。所以，當我聽說貴國主要以出租地方給博彩公司，並且建立了非常完善的軟硬體服務設施之後，我便想來看看，並希望成為其中的一員。」

電梯停住了，傑米王子走出去，打開了最近的一道門，彷彿太空艙一般的房間，屋子裏到處有各種細小的提示燈輕輕閃耀，就像一群螢火蟲，各種線路像生物體內的血管延伸向各個方向，網路服務器發出低沉的嗡嗡聲。

傑米王子站在門口，一雙海水般湛藍的眼睛凝視著張勝，信心十足地說：「衷心歡迎。你懂得經營，而我懂得科技，我相信先進科技與傳統經營模式的結合，將產生巨大的經濟利益！」

第七章

世上最古怪的夫妻

洛菲臉上的神色雖看不出悲喜，但眸子裏卻有一點兒淡淡的幽怨和失落。

她和張勝大概是這世上最古怪的一對合法夫妻了，

他們在地球的兩端，一方是丈夫，一方是妻子，

丈夫向妻子討教哄其他女孩子開心的辦法，而她連拒絕的理由都沒有。

秦若蘭屏息看著面前的景色，有些迷醉地道：「這……就是尼古拉斯古堡？」

卡洛琳推著輪椅，也一臉陶醉：「是的，秦小姐，這就是素有公主城堡之稱的尼古拉斯城堡。」

她推著秦若蘭輕輕踏上那座凌駕於湖面之上的橋，就像踏上一道彩虹，小心翼翼地向前走去。

從古至今，女人的公主情結從來不曾減滅一分，而王子住在城堡裏，這裏是公主城堡，人間仙境。有多少女孩子小時候夢想過自己是城堡裏面的公主？有多少女孩子希望自己就是童話故事裏那個被王子帶到城堡裏幸福生活的灰姑娘？相信百分之九十的女孩都會有這樣那樣的城堡情結，都會覺得城堡是世界上最華麗、最幸福、最浪漫的地方。

雷蒙男爵建在海島上的城堡同這座城堡的規模和美麗是無法相比的，那鬼斧神工般的傑作，讓任何一個不懂藝術的人看了，都要驚歎於它的無窮魅力。

原本盛怒而來的秦若蘭也被這城堡的美麗吸引住了，滿腔的怒氣似乎也因這風景的吸引而消失，直到她踏進城堡的大門，才清醒地想到她今天趕來的目的：那該死的噪音還在繼續。

「把張勝給我叫出來！」

秦若蘭橫槍膝上，怒氣沖沖。

「是一個坐輪椅的中國漂亮女孩！」

一見她的樣子正符合主人的囑咐，穿著女僕裝的一個金髮姑娘吃驚地看了秦若蘭片刻，提起裙裾轉身就跑。

消息立刻傳到了正在「巴茨王國」做投資考察的張勝那兒，與此同時，一大幫男傭女傭在一個穿著燕尾服、戴著白手套，走路昂首挺胸活像企鵝般的管家威廉先生帶領下趕出來迎接秦小姐了。

「夫人，先生出海去了巴茨王國，我已經通知了他，我想他很快就會趕來，夫人請進廳。」

這時，那該死的高音喇叭也適時停止了，秦若蘭怒氣勃然：「這分明是張勝故意的行為，他是有意激怒我，引我過來。」

她憤怒地問：「先生，你叫我什麼，什麼夫人？」

威廉先生微微一笑：「一切我只是遵從這城堡主人的吩咐。夫人，您看，我們站在這門口談話是否方便呢，那邊有幾名遊客。」

秦若蘭往旁邊掃了一眼，看到幾名長相頗有日韓特點的遊客，她忍著氣，示意卡洛琳推她進大廳。

要進入大客廳，有七八級台階，輪椅剛到門前，便有幾名男僕衝上來，殷勤地抬起了她的輪椅，叫人難堪的是他們一邊按住她的雙臂，一邊還禮貌地叫夫人小心一些。

秦若蘭進入城堡的主客廳，第一眼就看到富麗堂皇的客廳盡頭呈V字形通向二樓的階梯，中間那一堵石壁上整個繪著一張巨幅油畫，一幅足足兩層樓高的栩栩如生的人物肖像。

畫中是一個年輕可愛的女孩，穿著一件肥肥大大蓋過臀部的T恤，同樣寬鬆有些邋遢的褲子，褲腿鬆垮垮的，腳上一雙松糕鞋，頭上戴了一頂黑白兩色的街舞帽。她的腿邊，蹭著一隻淺粉色、滿臉皺褶酷似小豬的寵物狗。

女孩臉上帶著淺淺的、甜甜的笑，笑得神采飛揚，正踏著輕快的步子向秦若蘭迎面走來。

秦若蘭一下子怔住了，她有種正在照鏡子的感覺，那畫中的女孩，正是她自己。

看到那個自己，那些往事從她記憶中的角落裏一一被撿起，彷彿走馬燈般在腦海裏打轉。她彷彿看到了以前的自己，看到了以前的他，感覺他就在自己的身邊，正在對著她笑，跟她說話，可是只一眨眼，他又倏地不見了，飄回到過去的時空裏。

於是那過去依舊如夢，眼前卻像幻覺，秦若蘭的意識從剎那的記憶虛空中回到現實裏，好像一下子失去了自己，心裏空空落落的，有種想哭的感覺。

往事如夢，歲月如風，她緊緊抿住嘴唇，唇齒間就像噙著一抹誘人的紅酒……

秦若蘭癡癡地看著她的畫像，往事在腦海中紛至遝來，如果……不是因為她心裏一直想著姐姐和他這兩年的相愛，她堅拒的態度已經被徹底瓦解。

管家威廉先生走過來，欠欠身，彬彬有禮地說：「夫人，我想先生很快就會回來的，您在大廳裏已經坐了很久了，要不要進房間休息一下？」

這些人一直把她當成女主人來稱呼、對待，秦若蘭抗議過，但是他們一個個只知道裝聾作啞，秦若蘭也懶得計較了。

聽到威廉先生的詢問，秦若蘭一拍膝上的獵槍，雙目圓睜道：「什麼房間？我就在這兒等他！」

「好的，夫人！」

威廉先生微笑著，掏出懷錶看了看，然後那戴著白手套的手很優雅地擺了擺，立刻走過來兩個身材健壯、高大的制服男，把秦若蘭的輪椅抬了起來。

「喂！你們做什麼？」秦若蘭憤怒地叫。

威廉先生充耳不聞，只是很有禮貌地對欲上前阻止的女僕卡洛琳說：「小姐，請到偏廳喝茶，我們不會傷害這座城堡的女主人的。」

他說著，另兩個制服男已經很禮貌地把卡洛琳請去了偏廳。

秦若蘭被強行抬上了樓，她快氣瘋了，胸口不斷地起伏。

她知道這一切都是出自張勝的授意，這個該死的傢伙讓所有的人都尊稱她為女主人，可是卻沒有一個人尊重她的意見，他們完全是按照張勝的要求在一絲不苟地做事。

秦若蘭滿臉冷笑，張勝一再的行為加上他避不見面的表現，把向來外柔內剛的秦若蘭激得已經到了臨界點，現在張勝敢出現在她面前，她十有八九會毫不猶豫地先給他一槍再說。

「一定！我不會放過你，該死的混蛋！」

秦若蘭咬牙切齒地吼著，被兩個男僕強行推進了二樓的一間臥室。秦若蘭看那房間的位置，就知道這裏應該是城主夫婦的臥室。

一進臥室，原本滿臉憤怒的秦若蘭忽然驚呆了，她屏息看著房間裏的一切，雙手緊緊攥著槍管，半天沒有一點兒反應。兩個僕人輕輕替她帶上了房門，消失在門外。

這間屋子佈置得極具新房情調，衣櫃、大床、床櫃、梳粧檯，清一色的義大利傢俱，水晶漆的床頭和梳粧檯一塵不染，床上粉紅色的被褥鋪得平平整整，美觀大方。可是，這些放在其他地方本該很奢華的傢俱和這古堡房間的情調格格不入，同這尊貴的古堡相比，這些傢俱一下子就落了檔次，就像一位雍容尊貴的公主，卻塗了過於豔俗的胭脂。

可是這裏的一切，比大廳裏與真人一般無二的肖像畫給秦若蘭的衝擊還要大得多，她無法忘記這裏的一切，她的第一次就是這個房間裏，沒錯，就是這個房間，房間裏所有的一切完全是比照張勝當初在玫瑰社區那套房間的佈置。

這一刻，秦若蘭有種時空錯亂的感覺，要不是雙手觸到的冰涼的輪椅扶手提醒了她，她會以為自己踏破時空回到了過去。

她推動輪椅，悄無聲息地向前滑動，靜靜地看著房間裏的一切，往事如湧，讓她有些難以自控。窗戶開著，窗簾半闔，落日的餘暉把這個石頭城堡鑲上了金邊，窗外有大片大片的藤蘿和紫色的花朵，從這裏可以看到前方如同仙境般的小湖和湖上如同飛月的小橋。

秦若蘭卻只凝視著那屋中的陳設，久久不能自已。

「若蘭……」

身後一個男人柔聲喚道。

秦若蘭如受電擊，她迅速撥轉輪椅，提起了手中的獵槍，卻發現身後空無一人，牆邊是一個落地的海景觀賞魚箱，魚箱上方不遠掛著一幅美人魚的油畫，此時那張油畫向上徐徐升起，牆壁上出現了一幅液晶電腦螢幕，螢幕上張勝正坐在一張椅子上，溫柔地俯身看著她。

秦若蘭等了這麼久，惹了一肚子氣，好不容易見到了張勝，卻只是他的錄影，一時之間，她也不知道該如何發洩自己的憤怒了。同時下意識的，她又鬆了口氣，自她變成一個廢人，她骨子裏是有些自卑的，她不願意讓自己現在這副樣子難堪地落入張勝的眼中，現在這樣子，讓她的心理比較從容。

「若蘭，當我在澳門被你姐姐狠狠揍了一頓，然後從她口中知道你的情況之後，我當時真的茫然了。我在海邊待了很久，不知道自己該何去何從。那一刻，我只覺得人生是如此虛妄、如此的不真實，一切如夢幻泡影。說起來，我們的分離是命運開的一個玩笑，但是當我知道了真相的時候，我們還能重來嗎？」

「我茫然地想，努力地回憶那個牽著小豬邂逅在餛飩館的可愛小女孩，那個在我發燒時被我非禮過的俊俏女護士，那個在酒館裏偶然重逢的拚酒姑娘，那個眼睛裏總是帶著點兒怯怯的、討好的神情期望我對她說一句『我愛你』的你！」

「想起這一切，我就心如刀割！造化弄人，過去的明知是錯，但是我可以重來嗎？不可以了！因為我現在已經有了新的女友，我可以瀟灑地放下過去，與我的新女友一起開創美好的未來嗎？不可以了！因為你和她有著難以割捨的血緣和親情，你的不幸將永遠籠罩在我們頭頂，不管是若男還是我，我們的心都沒辦法堅強到無視這壓力……」

秦若蘭淚水潸然而下，撲簌簌地打濕了她的衣裳。

電腦螢幕裏，張勝也是一臉的苦惱和痛苦：

「若蘭，當我知道這真相後，我能怎麼做？我必須只選擇一個，不是因為我不愛另一個，僅僅是為了迎合婚姻制度的需要，好吧，如果這樣我也認了，但是可能嗎？我即便肯選擇，你或者你的姐姐能坦然無視另一個嗎？」

他一下子跳起來，一腳踢開椅子，困獸似的轉了兩圈，壓抑著沉重的呼吸，低沉地道：

「因為生活對我的戲弄，我將註定失去你，也將註定失去她，而這一切痛苦，不是因為我們沒有感情！」

螢幕上，張勝的面孔有些扭曲起來，好像被一種沉重的壓力壓得憤懣不已：

「因為生活的陰差陽錯，我先後遇到了你們，與你們結下了一生一世都解不開的緣。現在我必須要從中取捨，而無論如何取捨，都註定要全部失去，生活對我公平嗎？」

「『世間安得兩全法，不負如來不負卿。』倉央嘉措曾經如此問天，他可以選擇的，起碼可以選擇一個，要麼成為活佛，受萬千信徒膜拜。要麼，選擇和他心愛的姑娘在一起長相廝守。而我呢，完全沒有選擇！這一切都是我的錯嗎？你告訴我，若蘭，如果你是我，你能怎麼做？」

「不是我貪心得想同時擁有你，而是命運的捉弄，讓你走進了我的生命裏，讓我無從選擇，我無法捨棄你。如果無論怎樣的選擇都是痛苦，難道我們就註定該承受這痛苦麼？如果有能力改變這一切，我們又為什麼要承受這樣的痛苦？我在來找你之前，曾經認真思考過！」

秦若蘭睜大惶惑的淚眼，努力想看清螢幕上張勝的容顏，她不明白張勝到底想說什麼，可是又沒明白他的苦惱所在，秦若蘭心如刀割，雙臂的肌肉都繃緊了起來。

螢幕上，張勝站得越來越近，他站在那兒，頭微微側著，臉上帶著一抹不甘屈服的神氣，微微看向天空的方向：

「情不知所起，一往而深。生者可以死，死者可以生……」

他深深吸了口氣，慢慢低下了頭，眸子裏像是閃爍著兩團火苗。他伸出一隻手，有些霸道、有些蠻橫，但是在片刻的猶豫和顫抖之後，那手卻完全堅定了下來，他的手伸向秦若蘭，一字一句地說：「我決定了！我要你！也要你的姐姐！」

「什麼？」秦若蘭驚得一跳，當張勝說出要繼續兩年前的戀情，向她展開追求的時候，她又氣又惱地把張勝趕出了海島，現在聽到這個石破天驚的主意，她受到的驚嚇更大。

螢幕上的張勝臉上露出一種向權威挑戰的神氣：「你可以說它是我的『無恥宣言』，反正我是想開了，任他千夫所指、唾沫橫飛，衛道之士上躥下跳，能礙我鳥事！」

「這不可能！」

「為什麼不可能？」

秦若蘭下意識地反駁：「因為……因為……」

她猶豫著，正不知該如何措辭，忽然醒覺方才那句話不是從電腦螢幕的方向傳來的，秦若蘭霍地扭過頭去，只見張勝正站在門口，靜靜地看著她。

「你終於回來了，你在這兒搞什麼鬼，為什麼整天騷擾我？」秦若蘭先是愣了愣，才想到她今天趕來興師問罪的目的，立即端起槍怒喝道。

「不要打岔，你告訴我，為什麼不可以？是因為感情上堅決不能接受？」張勝無視她的槍口，一步步走過來道：「只要你答應嫁給我。」

「我為什麼要嫁給你！」秦若蘭的火氣又升了起來，她端起槍，怒指著張勝。

「那你要我怎麼做？」張勝定定地看著她問。

秦若蘭無語了，她自然瞭解姐姐的脾氣，姐姐怎麼可能無視她現在的樣子？想到這裏，秦若蘭暗暗懊悔，後悔不該在聽說了姐姐和他的關係之後，那麼不沉著，當時只想著他是不是利用姐姐來打擊自己，以致說漏了她和張勝以前的關係。

秦若蘭的眼簾垂了垂，幽幽地道：

「我……已經是個廢人，求求你，不要再糾纏我好不好？以前的一切，我已經全都忘記了，不要再提那種荒唐的想法。」

「全都忘記了？你說謊！」

張勝向前一走，秦若蘭的槍口立刻一頂，張勝停下，苦笑道：「怎麼和你姐姐一樣，她……也曾用槍指著我，你們不愧是姐妹！」

秦若蘭一聽他提起姐姐，不禁一陣心酸：「不要再說了，無論如何，我不答應，我是個廢人。廢人，你懂不懂？我什麼都做不了，什麼都不能！」

她捶著自己的大腿，痛苦地吼道。

「一種快樂如果太美，就成了罌粟，嘗過之後會沉淪，不能自拔。當我知道你並沒有拋棄我，我就記起了你全部的好，這一世，我不想再放棄你了。我說過，如果你不接受，那我就只要你！」

秦若蘭絕望地叫：「你冷靜一點，我求你了。」

「這事由你來決定，我不是要無賴地逼迫你，我真的不想，但是現在我知道了，你是因為我才走到今天這一步，我又如何可能若無其事地放下你，去追求自己的幸福？」

「我是個殘廢！」秦若蘭幾乎要崩潰了，歇斯底里般大叫：「張勝，你這個混蛋，你聽懂了沒有，我是個沒用的殘廢。」

「誰說你是殘廢？不就是不能行走麼，還有什麼問題？你可以嫁給我，為我生兒育女，我已經從醫院調閱了你的全部醫療檔案，瞭解你的病況，履行一個妻子的義務，總不成問題吧？」

秦若蘭絕望地調轉槍口，喃喃地道：「你瘋了，你原來不是這樣的，你一定是瘋了，好！我死了吧，我死了，你就可以放過我了。」

張勝來不及奪下她手中的槍，眼見她的手扣在扳機上，張勝不敢硬搶，他急忙說：「是的，你要是死掉，你就不再是任何人的拖累障礙了，那你就先走一步好了，我會被你姐姐一槍爆頭，然後你姐姐會被槍斃，我們慷慨赴死，陰曹地府再做夫妻吧！」

秦若蘭一下子僵在那兒，絕望地看著他，一臉的不知所措。

張勝慢慢伸出手去，小心地、一點一點地從她手中把槍拿出丟在一邊，然後蹲在她膝前，握住她的手，低聲道：「如果……你有接受死亡的勇氣，為什麼不能接受我的感情？比死更讓你難受，是麼？那麼，我不勉強你……」

秦若蘭忽然雙手捂臉，痛哭失聲：「你要我怎麼辦，你要我怎麼辦？」

「我只要你做我的妻子，即使你這一生都不能站起，這是我的責任。」他托起若蘭的腰和腿，把她從椅上抱了起來，秦若蘭嬌小的身子比以前輕了些，身子軟綿綿的，她用手緊緊抓住張勝的肩頭，緊張地道：「你放下我，你做什麼？」

「若蘭，你將是這古堡的女主人，將是我的妻子，這張床是我從國內空運過來的，是我們曾經睡過的那張床，今天，它是我們的婚床！」

「我不要，我不要，你瘋了，你快放開我，我是個殘廢啊！」秦若男拚命地捶打他的胸口。

張勝不理，他托著秦若蘭的身子，將她輕輕放在大床裏邊，關好窗子，回來把掙扎著正逃向床邊的若蘭又抱回來，溫柔地說：「你瘦了，其實……你還是豐腴一點兒才好看。」

秦若蘭淚流滿面，根本沒聽見他說什麼。

「老婆，要不要吃點兒東西？」

秦若蘭一聲不語。

張勝暗暗歎息一聲，重症用猛藥，今天秦若蘭送上門來，他就絕不想再放她回去了，他從後邊輕輕摟起秦若蘭的纖腰，雙手托住她的酥乳，在她耳邊柔聲說：「那麼，我就讓你知道，其實，你還是可以做一個好妻子，履行一個妻子應盡的義務的。今晚，我帶你去湖上，咱們一邊遊湖、一邊進餐，好不好？你喜歡喝酒，老公就陪你喝，一醉方休。」

一個曾懷著刻骨銘心的愛，與她所愛的男人傾心纏綿過的女孩，在他們曾經歡愛過的新床上，如何能夠抵禦他的情感攻勢？

受傷的公主，在古堡中淪陷……

一番纏綿之後，張勝沒有一秒鐘的停歇，更加細心地親吻她，屏住呼吸去感受秦若蘭的每一絲顫動。

他的手輕輕撫摸著秦若蘭的腰肢和大腿，她的肌膚細膩光滑，富有質感。

秦若蘭側身背對著他，猶在低聲飲泣，但哭泣著的身體已經無限柔順，任他輕薄。張勝憐惜地從她腋下伸過手去，輕輕撫去她頰上的淚痕，手指觸到她的嘴唇，秦若蘭牙齒顫抖起來，張勝知道她在猶豫要不要狠狠咬一下。

張勝耐心地等待著，他知道他追求幸福的方法或許有些荒唐，但是實現它的可能還是有的。他曾經怯懦過、猶豫過，面對所愛沒有用盡全力地去追求、去珍愛，以致情海生波、坎坷不斷，現在，他不想重蹈覆轍了。

「若蘭……」

秦若蘭沒有說話。

「老婆，我愛你……」

秦若蘭壓抑著飲泣：「別叫我老婆，我……我不敢聽這兩個字。」

張勝輕輕歎了口氣：「你想聽我叫你什麼？」

秦若蘭更加悲傷，她痛哭起來：「我今天不該來……」

張勝苦惱起來，他輕輕扳過若蘭的身子，低聲道：「說來說去又繞回那個問題，我還是那句話，如果你能接受，我不管用多久時間，用什麼方法，都要求得你的原諒，我們從此生活在一起。如果你不願意，那麼……該過去的就讓它過去，時間能撫平一切傷痕，總有一天，你會放開自己，重新接受一份感情。」

「若蘭，請不要恨我說得輕鬆，在這件事上，我還能怎麼做呢？事情因我而起，但是所有的責任都能算到我頭上嗎？在命運的撥弄下，你以為我比你輕鬆、快樂？可我除了試著去接受它，還有什麼辦法？但是你知道我想到這個方法，並且帶著這個辦法來見你時，我耗盡了多少勇氣？」

秦若蘭一時不知所措，眼神有一些迷離。

張勝趴起來，用手肘支著身體，俯視著她的臉，看著她微啟的雙唇和有些散亂的眼神，認真地說：「你現在思緒很亂，先不要想那麼多了，這本來就是一團亂麻，萬能的上帝也沒有辦法給我一個完美的解決辦案。我也不知道下一步要怎麼走，要走到哪裏去，我只知道，不管怎麼選擇，我都要把你追回來。你休息一下，一會吃晚餐，我們有的是時間慢慢去想。」

秦若蘭望著她苦思經年的情人，一瞬間的目光交匯，淚光中竟然看不清他的臉。秦若蘭忽然張開雙臂環住他的脖子，使勁地吻著他，用盡了全身的力氣。

張勝感覺脖子被她箍得喘不上氣來，緊接著，嘴唇傳來一陣痛徹心扉的痛楚，一股腥鹹的味道溢進了他們兩個的嘴裏。張勝一動不動，強忍著痛楚不讓自己叫出聲來。他的心裏甚至升起一抹淡淡的甜意，他知道這一咬，不是恨，不是惱怒，而是一個希望……

夜涼如水，秦若蘭偎在張勝懷中甜甜睡去。飽經折磨的心力交瘁，重新回到愛人懷抱的滿足，讓她今晚睡得特別香。

張勝輕輕拿起她搭在自己胸上的手臂小心地放進被底，然後輕手輕腳地下了地，披上睡袍，悄悄走出了房間。

另一間房間，他坐在視訊電話前，螢幕上顯示著洛菲的樣子。她現在不再是一副小秘書的職業裝了，著裝非常有品味，你完全看不出什麼品牌的一套服裝，顏色通常只是黑白兩色的搭配，但是穿在她身上，總有一種貴不可言的高雅。

她的臉上也顯出幾分成熟的韻味，雖然生理上她還是一個未經人事的小女孩，但是披上婚紗舉行了一場隆重的婚禮，在心理上她不能不受到已為人婦的暗示影響。

「菲菲，那邊怎麼樣了？徐海生開始動手了吧？」

螢幕上，周洛菲淺淺頷首：「是的，他已經在深圳建了一家投資分公司，並且親自趕來坐鎮，說是要力促公司儘快打開局面，其實他的目標就是我們。在資本市場上，他正在試探我們的實力，股票、權證、期貨、黃金，各個方面均有涉獵。」

「還有，他對你成功收購凱旋企業的事很感興趣，覺得這是一種迅速增值的投資模式。而且，他以前好像搞過類似的投資，做過企業的兼併收購工作，所以對這種事駕輕就熟，他目前正在同兩家企業接洽，想收購它們，其中有一家是上市公司。」

張勝微微笑了笑：「徐海生這個人好走偏鋒、撈偏門，他斂財一直是這種風格。這樣做，聚集財富的速度是比常人快了不知多少倍，但是風險同樣大了無數倍。有利必有弊，有弊必有利，徐海生越來越狂妄，不是那種權衡利弊而得之的人，由得他去，畢竟我們才是地頭蛇，注意搜集他的所有情報資料，不一定哪條消息，有一天就能送他走上黃泉路。」

「嗯！」洛菲淺淺一笑，掩口道：「這個人上次在香港吃了你的虧，一直想爭回顏面，為了在深圳迅速擴大影響，想競拍一塊土地，建一座高檔綜合商務樓。我估算了一下，這個專案連地皮帶建樓投入，大約需要十億元上下，所以暗中幫了他一點兒小忙，讓他成功地拿下了這個專案。」

張勝蹙眉想了想，疑道：「怎麼事先不和我說？徐海生雖然貪婪、狂妄，但是商業眼光非常老到，他不會胡亂揮霍他的錢，這個專案一旦建成，我相信他會獲得極大收益。」

洛菲嫣然道：「這麼大的專案從投入到產出，全部完工最快也得一年半的時間，你會給他那麼久的時間嗎？」

張勝先是一愕，隨即恍然，不禁贊道：「我懂了，你是想把他的資金鎖死一部分，這樣我們反攻的時候，他的力量才會更弱。」

洛菲笑道：「正是。知己知彼，方能百戰百勝，徐海生最大的錯誤就是知己不知彼，所以才敢放膽投資，也便註定了他的失敗。」

張勝欣然道：「厲害，你不學投資真是可惜了。」

洛菲指指自己的頭，調皮地說：「有些東西呀，是天生的。就算我沒有特意學過，耳濡目染之下，也別想拿我當門外漢看待。」

張勝也笑了：「你呀，我知道你是個天才，成了吧？夫未戰而廟算勝者，得算多也。有你這個女諸葛，我就更有把握了。」

洛菲笑了，笑得嫵媚。

兩人又談了一會兒事情，洛菲抬腕看看手錶，抱歉地說：「呀，拖著你聊了這麼久，你那裏已經是深夜了吧，早點兒休息吧。」

「別，不急，我現在……一點兒睏意都沒有。」張勝連忙阻止。

洛菲目光一凝，問道：「怎麼了？」

張勝沉吟了一下，說：「今天，我把她引出來了。」

洛菲神色一動，目光變得複雜起來：「哦，她……她有沒有原諒你？」

張勝苦笑一聲，說：「我不知道，她的表現很奇怪，一會兒像是接納了我，一會兒又對我冷若冰霜。我現在不知道明天會怎樣，說實話，菲菲，我不能再丟開她。」

洛菲幽幽一歎，輕聲道：「你呀……這輩子註定要做段正淳了。」

她的聲音不無幽怨，張勝卻沒聽出她的情意，只道她身為女性，不齒於自己的行為，不禁臉上一赧：

「菲菲，我也不想這樣，可是少不更事、年輕衝動時犯下的錯已經無法重來，我只想讓自己愛過又傷害過的女孩子能夠幸福。你說，我還有第二個辦法解決大家的痛苦麼？當我想到這辦法時，我的確有了貪心，但我不只是想佔有，我是真的愛她……」

說到這兒，他有些垂頭喪氣：

「算了，不管我有多真心，我知道……和你解釋起來也蒼白無力。唉！你就當我花心、無恥，盡情地鄙視我好了，說實話，我現在也不在乎別人怎麼想了。菲菲，你一直是我的好妹妹，你是女人，應該瞭解女人的想法，只求你幫我想想辦法，我該怎樣讓她回心轉意？」

洛菲臉上的神色有點兒古怪，雖看不出悲喜，但那眸子裏卻有一點兒淡淡的幽怨和失落。她和張勝大概是這世上最古怪的一對合法夫妻了，他們在地球的兩端，一方是丈夫，一方是妻子，丈夫在向妻子討教哄其他女孩子開心的辦法，而她連拒絕的理由都沒有。

洛菲蹙起秀氣的眉毛，仔細想了許久，才說：「她現在心情矛盾，時而順從、時而冷淡，也是正常的。你不要著急，這事得慢慢來。」

張勝喜道：「對啊，菲菲，一語驚醒夢中人啊，你簡直就是我的月下紅娘！」

洛菲臉上露出一絲淡淡的紅暈，嗔道：

「好啦，少給我灌蜜水啦，一會兒女諸葛。一會兒月下紅娘，再誇兩句我飄呀飄的都找不到落腳的地兒啦。女孩子都喜歡浪漫，像她現在這種情形，更需要一點浪漫的東西調劑。你就說帶她去旅遊散心，殷勤著些，嘴甜一些。」

張勝恭而聽之，頻頻點頭：「嗯嗯，一定，一定，還有麼？」

洛菲一瞪眼，道：「沒啦，這還不夠？她又不是拜金女，不然好辦多了。」說到這兒，她語氣一緩，幽幽地道：「其實我們女孩子很傻的，你給她一份浪漫，她就能馬上給你一切。一頓肉麻的燭光晚餐，就能讓她覺得自己像一位公主；一束俗不可耐的玫瑰花讓她抱著招搖過市，她就覺得自己是世上最幸福的女孩，那時候你跟她提什麼要求，她都答應。」

「不會吧？真的這麼容易解決？」

洛菲板起臉，鄭重地說：「你要知道，狗也有眼淚，人也有軟肋，女人一浪漫起來，就沒心沒肺。」

「ＯＫ，我懂你的意思了！」張勝興沖沖地道了晚安，掛斷了電話。

深圳，周洛菲用富有藝術感的纖纖手指輕輕撫過平滑的螢幕，好半晌，才深深一歎……

第八章

財產轉移

張勝靜靜地吸著煙，注視著侃侃而談的洛菲，臉上流露出隱隱的笑意。
洛菲不經意間表現出來的氣度和神采非常令人著迷，
她優雅的談吐和自信的神情，能很快地感染別人。
張勝彷彿已看到她坐在周氏家族掌舵人的寶座上，指點江山、從容大度的氣派。
操持周氏家族的財產這麼久，
每一筆錢都是他絞盡腦汁從國外不同管道一點一滴地匯進來的，
他不希望做無用功。
能把它交給一個可信賴的人，那不止是對文哥負責，也不枉他一番心血。
洛菲不再是那個跟在他身邊端茶奉水、調皮搗蛋的小丫頭了，
她稚嫩的肩膀一定能挑起這個擔子，甚至比他做得更好！

拜現代發達的視訊設備所賜，張勝不用回國，也可以遙控指揮他龐大的經濟帝國。他同多個國家的經濟貿易、他在國內資本市場各個層面上的投資、他在國內的上市公司、他在澳門的賭場、正在籌建的網上賭博王國……

因時差關係，張勝把所有的工作都安排在深夜裏完成，白天所有的時間都用來陪伴若蘭了，根本不給她多加思考的機會，更不給她拒絕的機會。

張勝帶著若蘭在屬於他們的童話王國一般的城堡森林裏採摘蘑菇，在湛藍美麗的大海上駕著遊艇釣魚，在夏威夷海灘上親手為她換上泳衣，抱著滿臉紅暈如同美麗新娘的她去海上漂流，在巴黎羅浮宮前一同餵鴿子，在吉隆坡富有南洋雨林特色的叢林中漫步，在暹羅環著她的腰肢騎著大象去摘樹上的椰子……

他們就像一對全球旅遊的蜜月新人，張勝全心全意陪著若蘭到處觀光旅遊，秦若蘭卻越來越惶惑，他們走的地方越多，路線越長，繫著她的心的那根絲線就纏得越緊。

和自己所愛的人浪跡天涯，原本是夢寐以求的事，現在卻不斷加深秦若蘭內心的折磨。當張勝抱著她遊覽名勝古跡、山山水水的時候，她會感到甜蜜和滿足，當他們在床上歡愛的時候，她能真切地感受到那銷魂愉悅，當這一切結束的時候，卻像白天過去黑夜到來，一種無形的孤寂和焦慮立刻籠罩了她，她的心始終無法安靜下來，她無法坦然地享受這一切。

撒哈拉大沙漠裏夕陽如血，地中海上海天一色，張勝說，他要考察摩洛哥的投資環境，於是他又順理成章地帶著若蘭來到了這座北非花園。

空氣中有一股烤羊肉串的味道，張勝推著若蘭悠閒自在地漫步街頭，可以看到印度的舞蛇人、出售香料茶葉的阿拉伯人、講故事算命的摩洛哥老人，各種賣藝的，還有數不清的買賣食品、飲料、服飾、地毯、擺設、皮革、手工藝品的小攤位。

傍晚，張勝帶著秦若蘭入住在一家白色石頭房子的旅館中，這家旅館的檔次不算高，住在這裏只因經過這裏時若蘭脫口說了句：「這家旅館的造型別致。」

張勝把她寵得像個公主一樣，若蘭很貼心，但是情緒卻更加焦慮不安。

張勝給她身上裹了一條阿拉伯風格的浴巾，把她放到了柔軟乾淨的床單上。一路上，都是張勝親自給她洗澡沐浴的，若蘭由最初的抗拒、羞怯，現在已經適應了他的這個舉動。

「來，看看今天買的東西漂亮嗎？」張勝笑吟吟地說著，提過了購物袋。

一雙繡著閃閃發光的花朵的靴子，一件絲絨花朵手包和一件裝飾著一朵淺色玫瑰帶褶皺的花邊裝飾長袍，任何一件都足以用驚豔來形容。

「喜歡麼，要不要現在穿上試試看？」張勝柔聲問。

秦若蘭忽然撲到了他懷裏，把頭深深地埋進去，含糊著說：「不要對我這麼好，勝子，我受不了。」

「怎麼了，若蘭？」張勝明知故問，他輕輕抱住她，一隻手輕撫著她隆起的圓翹臀部。

張勝停了停，才輕描淡寫地說：「我想……時間總能抹平一切傷痕的，總有一天，你能重新振作。」

秦若蘭剛剛張嘴，張勝的手指便按在她的嘴唇上：「別跟我說傻話，如果一定要我有取有捨，我也絕不會再捨下你！別的人、別的事，我們都不要理了，只要你好好陪著我，我好好陪著你，一生一世，好麼？」

秦若蘭抬頭看著他，眼睛裏流動著一種無法言喻的神采：「你……說的是真的？」

不待張勝回答，她已長長吸了口氣，抱著他腰肢的手緊了緊，嘴唇向他迎來。

兩雙唇緊緊地貼在一起，她兩片香香軟軟的嘴唇噙在張勝嘴裏，就像是含了兩片嫩嫩的桔瓣，似乎稍微一用力就要融化成一口甘甜的桔汁。

張勝也動情地用臂膀輕輕環繞住她，若蘭的腰肢依然那樣酥嫩嬌柔不盈一握，輕輕一抱就有一種水一樣的感覺在心底裏蕩漾。張勝輕輕掀開她身上的浴巾……

天光大亮的時候，秦若蘭帶著一臉倦色春睡遲遲，張勝卻像打了一針興奮劑，他已洗過了澡，正站在陽台上打電話。

郭胖子在電話裏深沉地道：「我個人建議，你還是過一陣子風聲平息了再回來好些。」

「為什麼？」

「你和秦若男在澳門那一齣，娛樂小報已經登了。現在她單位的同事還有其他人都知道你們之間的一段情了，說是億萬富豪始亂終棄、另結新歡，女刑警沖冠一怒，澳門大佬東奔西走。事情傳得很邪乎，你如果現在回來，我擔心就你那小樣兒，她一巴掌下去，你也不是她的對手呀。」

郭胖子嘟囔道：「那該死的小報要不轉載，事情可能還有轉機。這一來人要臉樹要皮不是？我說，要不你給我個授權，我幫你打官司吧。」

「打什麼官司？」

「跟那家小報打官司啊，我告它個傾家蕩產。」

「你……郭大哥，你多大了，怎麼還這麼不著調哇？我跟它一個八卦小報較什麼勁啊？算了，我儘快趕回去，自己來處理吧。」

掛掉郭胖子的電話，張勝馬上又給洛菲打了個電話，向她安排事情。他已決定儘快回國，把徐海生和周氏家族的事一併解決掉，然後遠走高飛……

張勝回國了，他沒有帶若蘭回來，他得考慮若蘭的感受。他也不怕若蘭一個人在外面會寂寞無聊，他在英國買下的尼古拉斯城堡剛剛到手，許多原來關閉的區域還沒有重新維修開放，招聘來的許多工作人員還不能進入自己的角色，這一切當然需要一個細心的女主人去打理。相信若蘭對她今後的新家、對這座屬於童話世界的美麗古堡一定會盡心盡力，在這過程中，她也會對這城堡、對他們的家有了感情。

張勝沒有帶著若蘭回國，卻同美國方面聯繫，由他在美國的賭界朋友幫忙，物色了兩個期貨權證操作方面的高手，雙方約在深圳機場會合。

張勝重金物色的這兩個人是原索羅斯旗下的量子基金的操盤手，他們最擅長以強大的財力和兇狠的操作手法，對相對弱勢的對手做毀滅性的打擊。索羅斯在香港敗北以後，接連出現操作失誤，損失達五十億美元，被迫在二〇〇〇年結束了量子基金這一世界著名的對沖基金，手下不少幹才流失，張勝禮聘的安德魯和韋恩就是其中的佼佼者。

洛菲赴機場迎接丈夫，然後一同趕回了園山別墅。在羅先生家地下室的電腦操控間裏，張勝向周氏家族的親信以及新招募來的兩個高手面授機宜，開始策劃對咄咄逼人的徐海生展開全面反擊的計畫。

洛菲流利地用英語向兩位美籍智囊傳達張勝的意思：「安德魯先生、韋恩先生，我丈夫說，中國國情與美國不同，所以有些事項你們必須要注意。」

她說到這兒微微一笑，自己補充了一句：「當然，我們無法讓你們在這麼短的時間內，完全瞭解這個東方國度的人行為處事的方法和資本市場的全部特徵，我丈夫所說的只是一些主要事項，在制定具體計畫時，我將代表我的丈夫參與其中，會和你們做進一步的探討。」

兩個四十歲上下、神態沉穩的美國人微微欠了欠身，微笑著向夫人頷首示意。

洛菲繼續翻譯張勝的話：「這次狙擊行動的主要計畫，將由你們兩位先生負責設計。你們是專業人士，我不敢妄加指教，我要提醒你們的是，你們挑選的博弈品種必須是小品種，也就是產量、存量都相對較小，對國計民生的影響不是很大的品種，因為只有這樣，它的價格高一些或低一些，都不至於引起中央政府的重視，否則我們的對手可能突然會增加一個我們根本不可能戰勝的幫手——政府。」

韋恩先生眨了眨藍眼睛，笑道：「夫人，我想我明白張先生的意思了。張先生的建議與我們不謀而合，在答應張先生的聘請之前，我們調閱了大量中國資本市場的資料，我和安德魯也認為，應該從小品種著手，它的現貨存量小，對期貨的價格影響力也差一些，我們將很容易控制倉單，容易形成逼空行情，同時可以暫時操縱現貨價格而影響期貨價格。」

洛菲嫣然笑道：「很高興能和你們達成共識。」

她微微側身同張勝低聲交談幾句，然後對韋恩和安德魯說：「好吧，我們現在看看可供操作的幾個品種期貨的走勢圖，首先共同確定一點：做多，還是做空。分析趨勢、確定戰略目標之後的具體戰術，就要看兩位先生大展身手了。」

房間裏的人都輕鬆地笑了起來，洛菲示意了一下，房間的燈光稍稍暗了一些，電子螢幕上出現幾幅期貨走勢圖，周洛菲用清晰悅耳的聲音向他們解說著：「到目前為止，各個期貨市場的主要趨勢仍處於熊市。Z交所的天然膠、H交所的紅小豆和S交所的膠合板，以及DL交易所的大豆莫不如此……」

張勝坐在一側，靜靜地吸著煙，注視著侃侃而談的洛菲，臉上流露出隱隱的笑意。洛菲不經意間表現出來的氣度和神采非常令人著迷，她優雅的談吐和自信的神情，能很快地感染別人。張勝彷彿已看到她坐在周氏家族掌舵人的寶座上，指點江山、從容大度的氣派。

操持周氏家族的財產這麼久，每一筆錢都是他絞盡腦汁從國外不同管道一點一滴地匯進來的，他不希望做無用功。能把它交給一個可信賴的人，那不止是對文哥負責，也不枉他一番心血。

洛菲不再是那個跟在他身邊端茶奉水、調皮搗蛋的小丫頭了，她稚嫩的肩膀一定能挑起這個擔子，甚至比他做得更好！

洛菲解說著，妙目一轉，忽然看到張勝坐在旁邊正望著她微笑，不禁臉上一熱，向他羞澀地回了個笑容。張勝輕輕呼了口氣：「這小丫頭，真的有種成熟女性的韻味了。」

在自己眼皮子底下生活了幾年的黃毛丫頭，忽然長成了一個嫵媚端莊的大家閨秀，雖非自己之功，張勝心裏還是由衷地升起一種滿足和自豪感。他伸出手去，輕輕拍了拍洛菲的小手，鼓勵地點了點頭。

「菲菲，徐海生手下有一群智囊，我們的人就算有幾個這一行當的高手，我感覺彼此的實力也相差懸殊，所以特意從美國網羅了兩個投資高手，現在就等他們拿出一個可行的方案了，不過用不用、怎麼用，還要再和我們的人做詳細研究。」

「嗯，好啊。你當家，你說了算。」

一回到臥室兩人獨處，洛菲就非常不自在。兩個人的名分，她無法做到完全無視。只是她用理智控制著自己的感情，在張勝面前，她永遠都是那個快樂的、沒有心事的小女孩。

「在此期間，我想回東北一趟，這邊的工作交給你了，反正聯繫起來還是很方便的。」

「哦？」洛菲臉上的笑容消失了一剎那，然後又露出了那輕鬆的笑容：「你還沒跟我詳細說過呢，她……接受你了？」

張勝臉上露出滿足的笑容：「是，這事真的要感謝你。」

洛菲沉默片刻，輕輕地道：「唉，你……盡人力而聽天命便是。」

張勝苦笑著點點頭，想了想，又說：「有件事我要和你商量，我想在此期間，把財產控制權轉移到你的手上。」

「什麼？」

洛菲心裏有點兒發慌，期期艾艾地道：「這事……著什麼急呢？還……還有大半年的時間。」

她和張勝之間一紙婚約、一個名分的聯繫，全維繫在這財產的控制權上，哪怕只是假鳳虛凰，起碼也有一種自欺欺人的滿足感，現在張勝要把財產轉移到她名下，那就意味著他們的緣要盡了。

張勝搖搖頭，說：「不是的，我不是急於解決這件事，而是忽然想到可以把幾件事互相利用起來，這樣財產的轉移過程才更加自然，不會令人起疑。而徐海生呢，他正在積極籌備對付我，想把我再次打敗，吞併我的勢力，我『不務正業』一點兒，容易讓他起輕視之心。同時這麼做，對我此去東北的事情來說，也會產生相當的助力。」

他苦笑道：「在澳門，若男攪了特首的會場，八卦小報把這事登載的亂七八糟，事情已經傳到若男的家人耳中。我的計畫，若男一開始就知道的，我沒瞞她。」

洛菲慢慢低下頭，模糊的眼睛盯著自己的腳尖，忍著心中的委屈，輕輕地說：「好，你來決定好了，不管你怎麼決定，我都配合你。」

第九章

讓神也失足的長遠部署

張勝滿意地看著事態的發展，只要有人進場做多，就不會輕易出局或反水，這是由人的慣性思維決定的。他對這一戰很有信心，早在他逃離東北、亡命天涯的時候，就已經開始部署對付徐海生，而且他的真正實力對方根本沒有摸清，徐海生就算是神，也有一跤失足、摔落凡塵的時候。

賓館裏，張勝心驚肉跳地看著報上描述的警匪槍戰情節，若男不怕死的行徑，讓他只看了一半，就抓起了電話：「孟市長，我是張勝，對，你好啊，有點事麻煩你，不知道你在L省省城認不認得什麼人？」

「什麼，市委喬秘書長和您在中央黨校是同室同學，太好了，是這麼件事……」

……

秦若男站在局長辦公室裏，臉上漠無表情。

丁局長笑容可掬地道：「小秦吶，這次劫匪搶劫銀行案，你表現非常好啊，許多市民目睹了你的神勇，打出了咱們員警的威風和聲望，局裏一定要給你召開一次隆重的表彰會。哦……不過，我注意到，你最近的精神狀態不是很好，經過研究，局裏決定給你放個大假，回去好好休息，再精神飽滿地回到工作崗位，啊！」

「謝謝局長！」

秦若男一個立正，敬個軍禮，轉身離開了局長辦公室。丁局長鬆了口氣，他搖搖頭，抓起電話說道：「喂，喬秘書長嗎？您好，事情辦妥了……」

外面正在下雨，雨不大，淅淅瀝瀝的。

秦若男沒有打傘，她豎起了皮夾克的領子，雙手揣在兜裏，遊魂似地走在大街上。

後面，不遠處有一輛轎車悄悄地跟著她，開車的是張勝。

東北春天的雨是很煩人的，沒有詩情畫意，只有一種蕭索的寒冷。雨雖不大，仍是把車窗打得模糊一片。雨刷器的沙沙聲中，行人匆忙的身影時而清晰、時而模糊。不時有一輛車擦身而過，像極了無數電影中看過的畫面，喧囂而寧靜。

張勝開著車，有種被整個世界摒棄在外的感覺。

「郭依星那個死胖子，沒學問還跟我玩深沉。若男憔悴了！」

張勝心疼地看著秦若男被雨淋濕的背影，好想衝下去。

秦若男在街頭走著，忽然在路邊停了下來，站在一棵枝葉稀疏難遮風雨的小樹下，削瘦的肩頭輕輕挨著樹幹。

「若男。」張勝走到秦若男身後，輕輕叫了一聲。

「嗯？」秦若男先是朦朧地應了一聲，然後驚跳起來，猛地轉身看著張勝，一對眼睛瞪得溜圓。

「看你，怎麼瘦成這樣，臉上就剩下一對大眼睛了。」張勝故作輕鬆地笑。

秦若男驚容未褪，已是滿臉敵意：「你怎麼來了？」

張勝咳嗽一聲，摸摸鼻子說：「我……去看過若蘭了。」

秦若男聞之動容，急道：「我妹妹怎麼樣了？」

「哦，」張勝四下看了看，已經有路人好奇地看著這對在雨中聊天的青年男女了。他說：「上車再說好麼，這裏……不太方便。」

秦若男不語。

張勝乾笑一聲，說：「放心吧，我不會對你怎樣。」

秦若男冷哼一聲，不理會他的濫笑話，自顧走過去，拉開車門坐到了後車座上。

張勝也連忙跟過去，從另一側上了車，殷勤地說：「把上衣脫了吧，別著了涼，我打開暖風。」

秦若男冷冷地道：「不用你獻殷勤，我妹妹怎麼樣了？」

張勝歎了口氣，黯然道：「她……很不好……」

秦若男神色一動，張了張嘴，卻沒再說話，只聽他說下去。

張勝塌下肩膀，說：「自從知道她留在國外的原因，我滿心歉疚，我不想抱憾一生，立即趕到艾奇特島去見她，但是她……不肯答應。」

秦若男心裏滿不是滋味，可是她無法狠心不去考慮妹妹的感受，做姐姐的怎忍心再剝奪她唯一可能得到的幸福？

她咬了咬嘴唇，冷冷道：「所以，你就回來了？」

張勝苦著臉道：「當然沒有，我天天去求她，卻被她趕出來，不許我登島，我開著船在海上天天用高音喇叭喊話，結果……她拿著獵槍到海邊趕我。」

秦若男冷冷地瞟他一眼，哼道：「你不是一向很有辦法，就不能哄她回心轉意？」

張勝直視著她，說：「也許我不該去見她，就讓她活在回憶之中，一點點蒼老了她的容顏……我去見她，解開了彼此之間的誤會……」

秦若男心中大慟，嘶聲道：「如果不是你，她怎麼會這樣……」

張勝忙道：「後來，我把她誑出了艾奇特島，當面向她求婚，用盡了辦法，使盡了心機，可是……她要我答應她一個條件，才肯接受。」

秦若男心中一緊，急忙問道：「你答應了？」

「我答應了。」

秦若男心中一鬆，同時一股巨大的失落感也襲上了她的心頭，她神情輕鬆了，眼中卻沒了神采，只是低聲道：「那不是很好？」

「問題是，這個條件和你有關係，你也得答應了才成。」

秦若男詫然道：「我？和我有什麼關係？」

「當然有關係，」張勝低聲說著，輕輕湊近她：「若蘭說，要你答應了，她才肯跟著我。」

料峭小雨中，一台標緻轎車急劇地顛簸起來，尤其是裏面還傳出一陣陣男男女女的叫聲和若有若無的喘息聲，很容易讓路人想像到比較淫邪的方面。

雖然正下著雨，街上行人比較少，還是很快地聚集了一群看客，遠遠地站著，對著車子指指點點。

街對面一條胡同口停著一輛車，兩個穿風衣戴禮帽的男人像特務似的站在迷離小雨中，縮著脖子。

「我說，咱們要不要過去？」

「還是不要了吧？張先生不是說過他不會有生命危險嗎？」

那保鏢把煙頭彈出去，說：「話是這樣講，不過女人發起脾氣來是不可理喻的。」

另一個歎道：「說的也是，其實憑張先生的人才、權勢，什麼樣的美女搞不到，何必被她如此欺負？」

兩個保鏢正聊著天，對面的標緻轎車突然停止了顛簸，一個冷俏的女郎從裏邊鑽了出來，秀髮淩亂，臉龐潮紅。她整了整夾克衣領，便怒氣沖沖、旁若無人地離開了。

兩個保鏢互相看看，正猶豫要不要過去看看自己的飯碗破沒破，那虛掩的車門又被推開了，一個兩眼烏青的男人從裏邊爬了出來，垂著一隻手，另一隻手捂著頭，淒慘地叫：「送我去醫院……」

公安醫院高等病房的病床上，張勝脖子套著脖套，腰椎做著牽引，稍一移動就痛得齜牙咧嘴。

若男的這一頓痛揍，本在他的意料之中，如果這一頓揍能抹去若男心中的傷痛，那也算值得了，可是……有那麼容易麼？

此時，他正斜著眼睛看放在旁邊的手提電腦。

視訊畫面上，洛菲歪歪腦袋，問道：「你怎麼不開視訊？」

張勝乾笑道：「好像攝影機壞了，我還沒來得及修理。」

「哦……」洛菲恍然大悟地點頭，聰明地不再追問了。

「韋恩和安德魯拿出了行動方案？」

洛菲甜甜一笑：「是的，我現在把他們的方案傳過去，你一邊看，我一邊講給你聽。」

「好。」

張勝吃力地看著電腦螢幕上的計畫書，一邊聽著洛菲的解說。

聽完她的陳述，張勝想了想，說：「這個計畫會不會太大？期貨市場已經連續三年處於低潮，我們在這時做多，而且是大舉建倉，已經風險太大了；把我們對徐海生的致命一擊放在大豆上，更是險之又險。許多做這個品種的機構，可都接連走了華容道啊。」

洛菲調皮地笑：「怕啦？他們可是你請回來的高人，你也知道，他們原來跟著索羅斯做事嘛，以前的狙擊對象都是誰呀？在歐洲，他們攻擊英國國家銀行、義大利國家銀行；在美洲，造成墨西哥金融危機；在亞洲，整個東南亞國家的貨幣體系和股市為之崩潰。他們大手大腳慣了，你早該有思想準備的。」

張勝苦笑一聲說：「可是……我們的資金實力較之量子基金相去甚遠，大豆已不算是小品種了，韋恩和安德魯推翻原定計劃，風險實在大了些，有充足的理由麼？」

洛菲聳聳肩，說：「事實上，他們不打算放棄原來的計畫，只是在主攻方向上，放在了這一個品種上。」

洛菲道：「首先，是國際大環境的支持。韋恩先生說，根據他搜集來的資料，由於天氣影響，今年美國乃至整個南美大豆預計將大幅度減產，而它們正是整個世界大豆供應的主要產區。」

「其次，是國內環境支持，我國工業對大豆的需求持續增長，而持續低迷的大豆收購價格嚴重影響了產區農民的種植熱情，國家想提高農民的種植積極性，客觀上也需要改變期貨市場上大豆低迷不振的局面。」

「第三，是戰略戰術的需要，你不敢想在這麼容易自置死地的地方伏擊他，徐海生更想不到你敢冒這種風險。」

張勝注意地聽著，又問：「以前每次空頭大敗多頭，都是利用現貨供應價格的支持，韋恩和安德魯先生怎麼保證現貨不會拖期貨的後腿？」

洛菲一字字地說：「接下現貨！」

張勝倒抽一口冷氣：「那要接下多少貨？」

「不用太多，一百萬噸應該差不多了。」

張勝匆匆一盤算，脫口道：「那就是說，我們僅在現貨市場上，就得投入三十多個億？」

洛菲優雅地點頭、微笑。

張勝沒好氣地道：「喂，你太沉得住氣了吧，這可都是你的錢！」

洛菲扮個鬼臉，笑道：「有什麼關係？利潤總與風險相伴的。如果贏了，我們的財產至少要翻兩倍，更重要的是，中國期貨市場將在幾年內完全進入寡頭市場，再無人有資格同我們過招。」

「洛菲，我們很有錢，但我們還攪不起這麼大的一場腥風血雨。」

洛菲淺淺一笑，輕聲說：「阿勝，這一場戰鬥，不止是我們的戰鬥，只要有利潤，就會有為了利潤不怕生死的人闖進來。我們賭整個市場的大趨勢，就必然有相同意見、相左意見的機構不斷加入雙方陣營，我們也會主動邀請志同道合的機構加入，參與這場戰爭的不只是我們，黑白兩道、滿天神佛都將因為我們這個導火線雲集於此。」

張勝的目光敏銳地一閃，只是他沒有開視訊，對面的洛菲看不到。從洛菲的話裏，他已聽出了什麼，他意識到文哥一定還留了一手，他一定還有什麼東西沒有交給自己，而這件東西，就是洛菲自信的來源。

他沉默了許久，靜靜思考這件事的可行性。對面的洛菲並不打擾他，她就那麼好整以暇地坐在那兒，溫柔地注視著畫面，好像看得到張勝似的。

許久許久，張勝問道：「韋恩和安德魯的方案，你和我們的智囊團研究過了麼？具體的行動方案是什麼？」

洛菲回答說：「韋恩先生說，他很抱歉，沒有具體的行動方案。我們能制定的僅僅是戰略，是保證戰略的正確與否。而戰術，是必須要任意發揮的。戰略要尋求必然性，戰術則必須尋求偶然性，隨時根據實際戰場錯綜複雜的情形來制定應對方案。」

張勝想了想，雖覺這計畫太過大膽，終是想不出更好的辦法，他歎了口氣說：「既然如此，那麼……就按你們制訂的方案辦吧。」

「不！」洛菲伸出食指，按了按螢幕，就像按在他的鼻子上：「我只是把我們的想法和意見告訴你，你才是統帥，你來決定：戰還是不戰？」

張勝苦笑道：「投入你全部身家的一場戰爭，這擔子太重了……」

洛菲俏皮地笑：「所以，你來擔啊，賠光了我就要你負責……」

早上，徐海生在自己的花園別墅草地上打了一陣太極拳，神清氣爽地走進客廳，明媚的陽光透窗而入，室內一片明朗。莊航和鄭重已經等在那兒，一見他進來，兩人從椅上站了起來，微笑頷首：「徐先生。」

「坐，坐。」徐海生客氣地笑。眼前兩個人都是他手下的大將，都曾是期貨市場上的傳奇。莊航曾在期貨銅炒作過程中獲得驚人的收益，資金像滾雪球一樣越滾越大。他當初投入八十萬元，一年的工夫就達到了驚人的近二千萬元。

鄭重更加了得，他曾以九萬元資金進入期市，不到一年就炒到了五千萬，這種情形在國際上也是十分罕見的。不過他們兩個的炒作風格十分相似，都是不斷加倉，每筆投資成功，立即把收益追加進去。收益雖然驚人，但是缺乏足夠的風險意識，倒金字塔加倉的結果是他們用一年時間成為期市之神，然後又在一夜之間一無所有。

徐海生招募人才，並不以成敗論英雄，他認為一個人能獲得如此驚人的成功，就一定有他的成功之處，至少他斂財的速度雖如此驚人，也做不到以九萬元資金一年滾動運作變成了五千萬的可能。在這兩個風雲人物窮困潦倒的時候，徐海生把他們招聘到了自己門下，成為他的重要幕僚。

「我們準備得怎麼樣了啊，兩位，我剛來到深圳，要打響知足度，吸引深圳的成功人士加入我的徐氏基金，這第一仗可是相當重要啊。」

莊航笑道：「徐先生，我們試探性地和對方交過手，不出徐先生所料，張勝這個人外強中乾，資金實力有限得很，他是沒有實力同我們正面抗衡的。不過資本市場博的是智慧，以小勝大的事情並非沒有，我們並不敢大意。根據我們瞭解的情報，張勝的投資方向主要在一些操縱起來進退比較靈活的小品種上，我們想抓住他並不容易，一旦被他發覺我們在下手，他隨時可以抽身而走。」

徐海生一揮手，輕蔑地道：「那就想辦法不讓他走。我們的資金量太大，一味投資在小品種上，未免有點尾大不掉。抽一部分資金與他在小品種期貨上糾纏，主要資金還是要投注在大豆、小麥等期貨品種上。同一板塊是有聯動作用的，大趨勢若能為我所控制，他還能掀起什麼風浪？」

鄭重笑道：「徐先生說的是，這樣可以降低他的警覺性，而且這小子太愛走偏鋒，大勢纏綿於熊市已有數年之久，如同一個纏綿病榻的垂垂老朽，至今許多品種還在底部折騰，屢創新低，人氣盡失，他偏要做多。順勢而為才是王道，他逆天而行，必遭天譴！」

徐海生聽得渾身舒泰，仰天大笑起來。

逆天而行，必遭天譴。這句話他喜歡聽，他一直覺得，在張勝面前，他就是天，天威難測，天意不可違！

僕人給他和兩位來客端上了早餐，徐海生笑容滿面地讓客人享用，自己卻先拿起了報紙。他習慣先看娛樂小報，從那些八卦新聞中瞭解一些名人動向，然後再看正經的經濟類報紙，研究市場動向。

翻開報紙，看到報上報導他昨日在酒店宴請深圳商界名流，豪客如雲的事情，他微微一笑，再翻開另一版，赫然看到「大富豪東北泡女反被毆野蠻女警再顯神威」的大標題。

往下細看，寫的卻是張勝抵達東北，追求那位曾在澳門神龍一現的女刑警的事，那天雨中發生的事，這位記者如同目睹，寫得栩栩如生，細節十分生動。徐海生不禁啞然失笑：「這個不成器的小子，女人在他眼裏，永遠比事業重要，這樣的蠢材，如何能成大事？」

他把報紙往桌上一拍，胃口大開地享用起豐盛的早餐來……

秦若男休假在家，這種鋪天蓋地的娛樂小報消息她根本就不知道。難得睡了個懶覺，等到日上三竿，她才懶洋洋地起床，梳洗打扮，慢騰騰地走出房間。

秦老爺子穿著背心，正在自家院子裏侍弄著菜地花圃，看到孫女兒出來，他呵呵笑道：「小男起來啦，來來來，快來看看，你拿回來的玫瑰花種子已經發芽了。」

「什麼？」秦若男一呆，慢慢地走過去。

秦老爺子拄著鐵鍬，得意洋洋地獻寶：「你爺爺這手藝可不是蓋的，這種子愣是讓我侍弄發芽了。嘿嘿，你說這花是七種顏色？嘖嘖嘖，我還頭一回聽說玫瑰還有不是紅色的。等它們開了花，咱這院子多漂亮，到時我把李軍長、劉副司令他們全叫來，讓他們開開眼。」

秦若男聽著爺爺的話，看著肥沃土壤上冒出的嫩綠新芽，心中茫然若失，飯也沒胃口吃，躲回自己房間，捧著一袋零食，懶洋洋地偎在被垛上看電視。電視換了一圈台，忽然看到南方某電視台的新聞節目提到了張勝，秦若男已經把台調了過去，趕緊又按了回來。

電視新聞上，張勝的夫人周洛菲自駕銀灰色賓利車出席一個慈善酒會，談吐儀態雍容大度，旁白正在介紹著這對年輕富豪夫婦的一些花邊新聞。

秦若男跪坐在床上，看看周洛菲雍容華貴的模樣，再扭頭看看衣妝鏡裏自己一件格子襯衫、一件發白的牛仔褲，清湯掛水鄰家小妹的扮相，不禁輕輕歎了口氣，論起這種大家風度，她真是怎麼比都比不了。

電視新聞裏周洛菲的形象沒幾秒鐘便消失了，秦若男卻更沒了胃口，她把零食丟在一邊，趴在床上，雙手托著下巴，看著電視裏令人反胃的廣告，幽幽若思。

說起來，張勝肯為感情拋棄數十億美元的財產和成為中國頂尖富豪的機會，單是這一點，怕是世上許多未成親的、成了親的男人都做不到的。別的不說，報紙上報導過多少起貧賤夫妻百般恩愛，一朝中了彩票，只擁有了五百萬便立即吵著離婚分手的男人。不曾有過這暴富的機會時，誰又知道他的心呢？張勝，起碼經過了這試金石的考驗。

秦若男並沒有痛恨張勝如何無恥，如果他是純粹抱著享盡齊人之福的目的，天下肯嫁他的美女不知有多少，保證個個年輕貌美，既知情識趣又會哄男人開心，他何必委曲求全地來娶一個半癱的殘疾女人？可是，妹妹答應了嗎？

秦若男坐起來，咬著嘴唇癡想半晌，遲疑著拿起電話想打給妹妹，電話號碼撥了一半，又頹然放下，在床頭坐了片刻，她再次拿起電話，電話號碼撥通的剎那，她再次飛快地放下了電話。

她拿起外套，正想出去散散心，電話鈴聲突然響了起來，秦若男拿起電話，只聽了一句便失聲叫道：「若蘭?!」

張勝終於下定決心，給洛菲打電話同意了韋恩和安德魯的操作計畫，命令迅速傳達下去，一張大網鋪開了……

場內紅馬甲，在人們眼中曾經是一群神秘的人，如今他們的地位卻已是一落千丈。

自從一九九七年上交所推出無形席位以來，越來越多的股民通過電腦方式進行交易，大機構更是如此。坐在自己的公司裏，手裏一動，便可輕鬆操縱行情，誰還會到場內委託？已經越來越少有人注意到他們的作用了。

這些代表各個席位所屬公司下單的紅馬甲工作量驟減，偌大的交易廳，一千五百多個紅馬甲的位子，每天只有不到一千人在場內就座。

他們大多只是悠閒地坐在自己的座位上，再見不到當年緊張熱烈的工作氣氛。這裏目前還留下的，大多是些已失去了拚搏鬥志的中年人，年輕人不多，女紅馬甲更少。曾經，場內女紅馬甲是這裏一道靚麗的風景線，她們大多年輕貌美，又有氣質，隨著紅馬甲生意日漸蕭條，工資待遇陡降，但凡有些姿色的女紅馬甲大多另尋出路了。

但是今天，各個證券公司的紅馬甲們似乎忙碌了許多，大家在一起工作，彼此之間互行方便，通風報信大家發財的事當然並不新鮮，為了做得隱秘，同時也更方便，他們之間約定俗成地形成了一些互通暗號的規矩。

交易所內是不准吸煙的，但是可以喝飲料，各家公司的紅馬甲們約定的暗號就利用了飲料：喝統一冰紅茶，就是看漲、多頭；喝康師傅綠茶，就是看跌，空頭；如果是喝咖啡，那就是沒行情，盤整。

這一天，所有席位的紅馬甲，人手一瓶統一冰紅茶！

張勝動手了，由他的首席助手制定的這項計畫第一招就是借東風。

戰爭，有時要示敵以弱，有時要示敵以強，運用之妙，存乎一心。

這一次，張勝一動手就示敵以強，要的就是一鳴驚人的效果。

他擁有一間最先進的電腦操控室，在英倫小島那個國際上不予承認的巴茨王國的領土上，他還聯繫到全球網路速度最快的指揮網路，但是這一次，他卻利用了最原始的交易方式，安排他分佈在全國各大證券公司的人手工下單，通過早已被人冷落的場內證券交易席位進行交易。

之所以利用紅馬甲，目標就是他們背後代表的各家交易公司，這些公司連著許多機構和大戶。如此統一的行動，不會不引起他們的注意。利用紅馬甲之間的潛規則，更是能在所有交易機構間傳遞同一個資訊：有人大舉做多，從而引起跟風和聯動。這一招，叫借東風。

死氣沉沉的期貨市場果然被驚動了，這一天收市，所有的機構都聞風而動，到處打聽消息，各種自己杜撰的離奇謠言和張勝的人有意散佈的消息滿天飛，許多人認為，一次重大行情可能即將啟動，開始紛紛研判起大勢和投資品種。

當然，第一流的期貨分析家們是不會輕易出手的，以「追風之羽」的筆名發表分析文章的期評家余安花了半晚上工夫先寫好一篇進可攻、退可守，類似「桃源三結義，孤獨一枝」的「算命」文章提供給報社，然後又點燈熬油徹夜不眠，寫好兩篇分析文章，一篇堅決看多，一篇堅決看空，當然，其中許多伏筆在他剛剛投給報社的分析文章中都有隱晦的提示。

他把兩篇分析稿件分別揣在左右上衣口袋裏，準備見機行事，再決定發表哪一篇，這才揉揉發紅的眼睛，上床休息片刻。這世上，做什麼生意都不容易，像他這種專以忽悠可憐小散謀生的所謂「磚家」學者，自然也不例外。

徐海生的智囊團也是徹夜不眠，緊急分析所有資料，一早給老總拿出了分析報告。他們認為，此前對張勝的實力估計有所保留，同時，對於徐氏投資的悄然建倉，對方顯然已經有所察覺，對方昨天突然啟動行情，明顯是要搶先下手，但是分析結果，對方的實力雖超過他們的預計，總資金量仍無法與他們相比，大可一戰。

徐海生緊急調度一切能夠調運的資源，開始部署反擊。有人建議他趁張勝立足未穩，立即發動反撲，徐海生只是冷冷一笑：「我們是做空的，有人做多，我們才有得賺。半途而擊雖然穩勝，可是他的另一半實力就會逃掉，依照這個戰場的遊戲規則，我們是沒有辦法窮追猛打的。放他進來！」

徐海生所圖甚大，這一來正合張勝之意，連續兩天，他投入重兵做多，市場氣氛活躍，人氣開始恢復，部分嗅覺靈敏的冒險家開始試探性進場，大機構也開始意動。

張勝滿意地看著事態的發展，只要有人進場做多，就不會輕易出局或反水，這是由人的慣性思維決定的。他對這一戰很有信心，早在他逃離東北、亡命天涯的時候，就已經開始部署對付徐海生，而且他的真正實力對方根本沒有摸清，徐海生就算是神，也有一跤失足、摔落凡塵的時候。

戰場上，他有十足的信心，情場呢？

情場如戰場，張勝要挽回美人心，第一招同樣是大造聲勢。

首先，他要把人們對秦若男的鄙夷和不屑，變成羨慕和佩服。能控制輿論機器，要做到這一點，就一點兒不難。

報上開始連篇累牘地披露報導深圳富豪張勝新婚不久，便另結新歡，瘋狂愛上一位女警的故事。隨即，開始有人採訪他的夫人，有關張夫人周洛菲憤怒至極，與丈夫發生摩擦，雙方糾紛不斷的消息開始見諸報端，隨後各種娛樂報刊開始對雙方進行深度挖掘，並重金徵集知情者的秘聞消息，開啟了中國人肉搜索之先河，很快就根據「知情者」提供的消息，發表了一篇纏綿悱惻的愛情故事。

故事把三角戀的三位主角的過往歷史全部挖掘了出來，大意便是張勝原是東北股壇的一個高手，當時便與這位女警兩情相悅，彼此愛戀。後來，他在一次期貨交易中敗北，遠走深圳。在深圳，他東山再起，這個過程中，周洛菲一直是他的得力助手，對他助益很大。

有錢能使鬼推磨，何況記者乎？在重金酬勞之下，他們編出了一個很合理的誤會，使這對有情人因誤解而分手，張勝衝動之下和自己事業上最得力的女助手成了親，但是不久他便發現真相，想追回自己的真愛。

一個濫俗的都市愛情故事，在瓊瑤式風格語言的描繪下，寫得催人淚下。文字，可以讓黑成白，讓白成黑，原來愛情的美好，因為誤會分手產生的遺憾，一旦催眠了人的感情，就很容易影響人們的感觀。第三者不再是第三者，人們對這位女警開始漸漸產生同情。

隨即，張勝再度拋出一顆重磅炸彈，這一下對愛情故事不感興趣的人也開始注意起了這一事件的發展。

報上披露說，張夫人周洛菲是天主教徒，堅決不同意丈夫協議離婚，在試圖挽回丈夫感情未果的情況下，她憤然提出，如果要她同意離婚，張勝須把全部財產的百分之九十割讓給她的苛刻條件，以此來要脅丈夫不許離婚。

希望有情人終成眷屬是所有人的通病，在這種情形下，輿論開始向張勝和秦若男這對苦命戀人傾斜，人們開始感興趣的是：張勝做不做得到像溫莎公爵一樣，捨江山而就美人？

如果他做得到，毫無疑問將獲得所有男人的欽佩，而秦若男這個可以讓男人為她捨棄億萬家產的女人，也將獲得所有嚮往浪漫愛情女孩的羨慕，兩個人的形象將徹底顛覆，那將成為一段浪漫的現代愛情佳話。

張勝為了挽回若男，用盡心思，終於扭轉頹勢，現在已沒有人譴責他對婚姻的背叛，人們的注意力全部集中在他是要億萬財富還是要心愛女友，他的取捨，無疑將左右人們對他和若男的感觀。

徐海生發動反擊了，同時行動的還有一些見有利可圖迅速入場斬一票的短線炒家，猛烈的攻勢在人氣尚未回暖，做多欲望還不夠旺盛的底部盤整局勢下，很快打退了張勝的囂張氣焰，張勝偃旗息鼓，開始退守。

此時，有一些機構認為市場屢創新低，做空動能已經不足，再加上張勝首先入場發動行情，於是在權衡收益與風險的大小之後，這些機構也留了下來，同張勝一道像獵豹那樣潛伏著，等待著機會重來。

徐海生沒有得意忘形，一時的勝負算不了什麼，很難說張勝發動這次行情，是不是僅僅抱著試盤的態度。在期貨市場上，你贏一萬次，只要輸一次狠的，也足以全軍覆沒了。不過，既然勝了，總是要慶祝一下的，他便約了幾位同好去夜總會開心放鬆。

素素小巧玲瓏，眼睛最好看，狹長而嫵媚，讓人捨不得離開她的眼神。萌萌最會說話，一張天生的娃娃臉，小嘴甜甜的，你做生意賠了，看出你心情不好，她就會挽著你的胳膊柔聲相勸：「哥，別不開心，我們也老賠。」你要是賺了，她好像比你還開心，蹦蹦跳跳的取了酒杯來，一定要跟你喝個痛快，她不是千方百計地勸你喝酒，是非常高興地為你喝酒。

小姐做到極致，也是一門藝術！以為長了一身好肉，就能哄得男人流連忘返的女人根本不入流。

豆豆在唱《笑紅塵》，這女孩個子極高，聽說原來學藝術的，臉蛋很俏，只是總帶著種冷豔，有點讓人敬而遠之的樣子，不過小姐就是小姐，扮得再冰清玉潔，還是小姐，只不過是吸引男人的另一種手段罷了。徐海生呷著酒微笑著看她，見多了小愛那樣的甜妞兒，他今晚挺想受用一下這個冷美人的滋味。

「紅塵多可笑，癡情最無聊，目空一切也好。此生未了，心卻已無所擾，只想換得半世逍遙。醒時對人笑，夢中全忘掉，歎天黑得太早。來生難料，愛恨一筆勾銷，對酒當歌我只願開心到老。」

徐海生微醺地飲了杯中酒，瞇著眼看著朋友們和小姐們耳鬢廝磨、逢場作戲的模樣，忽然覺得正如歌中所言，心中有點兒膩味。

歌唱完了，徐海生向豆豆勾了勾手指，女孩便坐到了他身邊。徐海生又指了指面前的几案，豆豆便拿起上邊的香煙，點燃一根，吸了一口，再送到徐海生嘴上。

徐海生吸了一口，從鼻子裏噴出一股煙霧，煙霧繚繞中，他臉上的笑也像戴了面具，落寞而無聊……

第十章

命運的棋子

徐海生臉上的笑容消失了：「張勝，你是不是太自信了？」

「自信，來自於準確的判斷！你現在卻已完全是賭博。

徐兄，你一向喜歡擺佈別人的命運，

從來沒有想過自己也淪為命運的棋子時，是何等的無奈吧。」

張勝點起一支煙：「我敗了，有人扶我保我、有人隨我跟我，你呢？

你的心裏從來沒有過別人，以前是孤家寡人，以後也是孤家寡人，永遠都是。

一個孤家寡人，你高高在上的時候，還有奴才像狗一樣供你驅使

可是當你從權力寶座上摔下來的時候，你連狗都不如。」

一杯香馥濃郁的咖啡輕放在眼前，張勝端起來抿了一口，微燙、略苦的甘醇緩緩入喉，半顆砂糖的甜美在舌尖綻放，韻味還有幾分鮮牛奶的溫柔。

洛菲秘密到了L省城，此刻，這對「夫妻」正坐在一家咖啡廳裏，空氣中輕輕飄蕩著貝多芬的《給愛麗絲》。很少有這首曲子配上歌詞演唱的，這裏播放的卻是配了歌詞的，一個柔和的男人聲音用英語輕聲演繹著這首優美憂傷的曲子。

「菲菲，我們的第一步計畫已經成功了，以我對徐海生的瞭解，只要我們再適時地挑戰幾次，他會在這張網裏越陷越深，終至不能自拔。」

「我喜歡你的自信，籌備了這麼久，我對你有信心。」洛菲嘴角洋溢著溫柔的笑。

張勝微微向前俯了俯身子，輕聲說：

「菲菲，此事一了，我想離開國內了。財產轉移的事，也要提上日程了。我和若男的事，炒得沸沸揚揚，這很好，你父親的事已經過去了七八年，有關領導層都換了屆，沒有人一直盯著你的家族不放，我們再通過這種方式進行合理的資產轉移，相信不會有什麼麻煩。」

洛菲嘴角的笑容有點兒苦澀，她低下頭攪拌著杯中的咖啡，輕輕地說：「謝謝你……」

張勝搖搖頭：「不，我該謝謝你，謝謝你的父親。我能有今日，全是拜文先生所賜。我也要謝謝你，對我的幫助和支持。」

兩人之間的氣氛有些莊重和生疏，張勝不喜歡這感覺，他笑了笑，打趣道：「你是一流學府畢業，擁有多種技能，工作能力突出，辦事認真負責，由你負責的事永遠沒有任何閃失，而且，無論什麼場合，你都能遊刃有餘，永遠保持一個淑女應有的儀態與氣質。呵呵，要不是你是周家大小姐，做我永遠的財務總監這個承諾，我一定會堅持。」

洛菲也笑了，她的容色並非完美，可是氣質超佳，尤其眼神的靈動嫵媚，足以彌補一切不足。這一笑，豆蔻少女般的清麗搭配上成熟女性的嫵媚，構成一種特殊的誘人氣質。

兩人是感情融洽的工作夥伴兼密友，成熟男女互相吸引是非常自然的事情，不光是男女之間微妙的情感，無論工作、生活態度方面都有著自然的共鳴，彼此單純的情誼便會產生一種令人微醺的曖昧，無論男女，沒有人不著迷於這種發酵的男女關係，更何況兩個人又有著名義上的夫妻關係，此時要說出分手的話，張勝也不免有些悵然若失。

但是該說的，還是要說，該做的，還是要做。

張勝也垂下眼睛，輕輕說出了正式協商離婚、分割財產的事。

兩個人久久都沒有說話，各自沉浸在自己的思緒之中。

洛菲無意識地攪拌著咖啡，湊到嘴邊喝了一口，好苦，好苦……

她吸了吸鼻子，站起來，露出一個輕鬆的笑臉：「明天一早，我會讓我的律師把離婚協議給你送去。我在這裏不方便，還是趕回深圳坐鎮吧。阿勝，祝你成功，順利抱得美人歸。」

張勝也站起來，向她遞出自己的手：「我也祝你早日找到自己的另一半。」

洛菲眨眼的淘氣動作流露出女性的嫵媚姿態：「好啊，到時請你做伴郎。」

張勝握住她的纖纖素手輕輕一握，說：「結過婚的男人哪有資格做伴郎？」

洛菲朝他扮了一個可愛的表情，輕鬆調皮地說：「我不管，我要你做伴郎，你就是伴郎。他敢不答應，我休了他。」

張勝笑了，洛菲也格格一笑，向他頷首示意，高跟鞋叩出清脆的低音，擺動修長的雙腿，飄然閃向門口。

空氣中殘留著一抹餘香，張勝心弦微動，他站在那兒，看著洛菲美麗的背影嫋嫋娜娜地消失在門口。

洛菲臉上一直帶著淺笑，她上了車，用優雅的姿態對司機和保鏢輕輕說：「你們先出去一下，我要一個人靜一靜。」

司機和保鏢退了出去，輕輕關上車門，洛菲的眼淚在車門關上的一剎，如斷了線的珠子，撲簌簌地落了下來……

張勝坐在咖啡廳裏，對面的咖啡猶有餘溫，那深褐色的液體還在輕輕蕩漾著。《給愛麗絲》還在淺吟低唱，張勝不懂英語，但是洛菲聽得懂：

車開了，同行的沒有你。
夜日裏，孤獨伴我同行。
穿過這最熟悉的城市，穿過記憶到現實。
曾幾何時寂寞時開始，夢醒了，該甘心放手了，卻為何看不到你的快樂？
如果分手是種解脫，我願意為你唱這首歌曲，聽著，聽著，也許就會忘記了。

在人前，她永遠盡責地扮演著一個雍容優雅的淑女，而在人後，她只是一個同樣有著七情六欲的小女孩。洛菲哭了個暢快淋漓，才用紙巾拭去臉上的淚痕，示意司機和保鏢上車。

車子開走了，音樂餘音嫋嫋……

凝固的記憶留給自己，帶不走的是你。
落幕的感情若是天意，但至少還有過曾經，
傷感的鋼琴最後一次，為你上演這支曲，感動的旋律，打動不了這最後的結局……

張勝答應妻子的苛刻條件，捨棄億萬家產，準備協定離婚的消息見諸報端，一個愛美人不愛江山的現代愛情童話誕生了。

六十六年前，愛德華八世向全國宣佈退位，他說：「沒有我所愛的那個女人的幫助和支持，我感到我不可能承擔肩負的責任。」不愛江山愛美人的故事，從此傳為佳話。

六十六年後，張勝在報上公開說：「沒有我所愛的那個女人，就算給我全世界的財富，也沒有幸福可言。對洛菲，我只能說一聲抱歉，感情，不由自主。」

事前，一些小報開出了民意測評，討論張勝是會答應這個條件離婚，還是會和妻子打一場曠日持久的離婚戰爭，想不到他竟然真的答應了這個條件。所有關注這件事的普通百姓都為他們開心，但是最不開心的，除了洛菲，就是地下賭場的莊家們，他們咬牙切齒地咒罵張勝，這一次張勝讓他們賠慘了。

張勝親自登門，來到了秦府。

他的保鏢很悲哀地發現，跟著這個大老闆，他們永遠沒有用武之地，因為他們老闆惹的人，全是得罪不起的，比如，老闆未來老婆的爺爺。

老頭子見了報紙上的八卦新聞，見張勝還敢登門，氣得暴跳如雷，恨不得一根拐棍抽得張勝頭破血流，但是聽說了張勝這些日子為若蘭所做的努力，否則，他真會一槍轟掉張勝的腦袋。

在老頭子的心裏，不管他的孫女兒是健康還是殘疾，是美麗還是醜陋，那都是他心尖上的肉。張勝知道，事情得分輕重緩急，一步步來，等到生米煮成熟飯，老爺子這裏才好過關，萬事開頭難。

當然，他同時還有一張底牌，那就是秦老爺子的大哥。他已經找到了，巧得很，他加入的那個會所「蘭」，就是秦老爺子大哥的長孫所創辦。秦老爺子的大哥還活著，已經九十八歲了，半個世紀的恩恩怨怨已經成了昨日雲煙，獲悉幼弟登報尋找自己的消息，老頭子老淚縱橫，經過一段時間的考慮，在兒孫和張勝的勸說下，他已經意動，想認回自己的弟弟。

張勝正在努力獲取這位老人的認可，秦老爺子一生負疚最大的，就是他的大哥。只要獲得他的支持，將來秦司令這兒的阻力必可減至最低，這枚底牌現在當然不急著亮出來。

「滾出去！我秦家的女孩，不會嫁你這種一身銅臭的浪蕩子！」

「老爺子，我是真心愛若蘭的，我求你，讓她嫁給我！」

「滾！你滾不滾？」秦司令劈頭蓋臉又是一通打，張勝站在那兒躲都不躲，頭上挨了幾棍子，又麻又脹，他舔了舔嘴角，鹹鹹的，已經有鮮血淌下來。

秦若男在一旁，看得心尖兒一顫一顫的，她和妹妹已經通過幾次電話。若蘭嘴裏說著不幫張勝，又怎可能真的不幫？爺爺要是不同意，她又怎能安心留在張勝身邊？

這些日子，獨自操持屬於自己的家，既勞累又充實，可偌大的城堡，現在卻只有她自己，若蘭已經漸漸接受了命運的安排。

報上關於張勝的報導天天不斷，他一直都沒有登門，沒有再和若男見面，若男也知道別人現在對她是一種什麼感覲。

就在這時，張勝突然登門了，眼見爺爺的拐棍一下下抽在他的頭上、肩上，若男感覺就像抽在她的心上，心裏一抽一抽的隱隱作痛。

秦司令又是連續兩棍子敲下去，秦若男再也忍不住了，她急忙衝過去，張開雙手攔在張勝面前，噙著淚道：「爺爺，不要再打了。」

秦司令的拐棍帶著風聲呼嘯而下，一見孫女擋在前面急忙收手，但還是來不及了，棍子抽在她肩上，雖說已收了幾分力，仍是疼得若男一哆嗦。

「小男，你這是做什麼？是誰害得若蘭那麼傷心？是誰害得你在同事、鄰居面前抬不起頭來？你……居然還護著他？」

張勝見秦若男替他擋在前邊，又驚又喜：「若男，你……你肯原諒我了？」

「你給我滾！」秦若男也說不出自己是什麼心理，見他被打著實不忍，比打在自己身上還疼，可是聽到他說話，卻又氣不打一處來。她轉過身，使勁地往外推張勝，把他推出門去，砰的一聲把門關上。

張勝心中難過，抬手欲扣門，卻沒有勇氣再拍下去。

郭胖子重重一拍他的肩膀，滿臉沉痛地勸道：

「老弟，與人謀事，須知其習性，以引導之；明其目的，以勸導之；知其弱點，以威嚇之；察其優勢，以鉗制之。出其最不當意之際，不可存一蹴而就之想，惟徐而圖之，以待瓜熟蒂落。」

張勝抹了一手血，咬牙切齒地道：「胖子，我不知道你小子現在長了多少學問，你再跟我之之之的，我讓你比我還難看！」

郭胖子捏捏肥胖的下巴，立即改口說道：「哥兒們，咱們先去醫院吧……」

沉寂幾天之後，多頭再次發力，這一次，不止是張勝，對大勢研判之後，認為市場已經見底的眾多機構紛紛加入進來，不過好笑的是，挑起這場風雲的戰爭導火線源於深圳，迅速加入雙方戰團的大機構卻分別來自北京和上海。

北京機構看多，站在張勝一邊，上海機構看空，站在徐海生一邊，其他各地的機構各有所依，但是氣勢上與他們就無法相比了。

多頭的這次反攻，再次收復失地，把前幾天的陰線一舉吃掉，其中幾個小品種在開盤十分鐘後，就被幾筆大單子直拉漲停，場內歡聲雷動，跺腳的，起哄的，各種嘈雜的聲音從報單電話裏迎面撲來。

徐海生暗自得意，眼看參與進來的機構越來越多，他無法想像這一仗打贏之後，他將獲得多麼巨大的力量。但是由於期市數年的沉寂，這一番騷動吸引了太多蟄伏已久的勢力，加入雙方的勢力集團越來越多，徐海生也不敢大意，他知道，有時候實力過於強大，是能暫時背離現貨走勢，走出一波完全不同的大行情的。

為保險起見，徐海生在發動力量，與其他空頭把多頭勢力再度打回原形後，立即飛赴上海，開始同各方勢力洽談合作。黑白兩道、政界背景、商界背景，來自方方面面的資金開始在期貨市場雲集。同股市不同，期市做空一樣可以賺大錢，所以巨量資金的雲集，對多空雙方來說，只是意味著風險越來越大，卻無法確定大盤的走勢。

期貨交易所重現輝煌，許多中小散戶也聞風而來，加入這場豪賭。

這天中午，交易所眼見多空雙方不斷創設，立即發出緊急通知，所有新單子的保證金上浮到百分之十五，儘管如此，也無法阻擋暴利產生的無可阻擋的誘惑，大起大落的行情錘煉著人們的意志，許多人今天盈利三倍，明天就連本都賠光；有能力追加保證金的，第三天看看帳面，又賺得缽滿盆滿，而被迫平倉離場的則捶胸頓足，號啕大哭。

心跳的感覺不是那麼好玩的，當地警方大為緊張，明裏暗來派來了許多員警維持秩序，期交所大樓對面的公安派出所裏，警力加強了一倍，人人手槍子彈上膛，應對突發事件。

在這種緊張的氣氛下，這場殘酷戰爭的統帥之一徐海生，卻在燈紅酒綠中調兵遣將，招兵買馬，籌備著進一步的行動。這個大型酒會，到場的都是與他有志一同看空市場的資本金融界大亨，儘管大廳裏放著輕鬆的音樂、可口的食物，還有他們攜來的個個妖嬈美麗的女伴，不過大亨們很少把注意力放在酒和女人身上，他們聊的是下一步的合作，以及對空方能量的分析研判。

國際形勢、國內形勢、政治影響、經濟影響、中央高層某個部委尚未公開宣佈的一些決定，在這些大亨們中間並不是絕對的秘密。某種程度上，這些大腹便便的中年人就是中國經濟的一股主流力量，一言可以令人生，一言可以讓人死，可是在這場諸侯爭霸的戰爭中，他們自己同樣是別人狩獵的目標，一個不慎，照樣是家破人亡。

鋪著潔白餐巾的長條桌上，擺著令人微醺的頂級紅酒，幾塊香濃的起司，切片的法國麵包，新鮮多汁的水果切成適合入口的大小，黑色珍珠般的魚子醬在水晶盤裏閃閃發亮。唐小愛和幾個美貌少婦站在桌旁，一邊進食，一邊輕聲談笑著。

一位貴婦提到了她新買的海景洋房，古希臘的建築風格，在她的描述下引起眾女子一陣羨嘆，唐小愛動了心思，她也想擁有這樣一套別墅。

扭頭尋找著她的男人，她看到徐海生端著酒杯正同兩個男人竊竊私語。很面熟，應該是電視上經常可以見到的人物，但是唐小愛對財富感興趣，卻對創造財富的經濟運動完全沒有興趣。她一直覺得，這世界該由男人來打拚、創造，而女人只要擁有男人就行了。

隨著徐海生的勢力和財富不斷擴張，他擁有的女人也越來越多，其中不乏知名影星、歌星，這些事唐小愛都知道，但是她並不介意，她清楚徐海生需要什麼，她自己需要什麼，她不在意只當一個儲存精液的器皿，即使是徐海生使用的無數器皿之一，至少到現在為止，她還是徐海生最長久的床伴。

她現在對成為徐夫人已經越來越沒有信心了，儘管徐海生已經和國外的妻子離婚，但是徐海生和她越來越大的差距，使她清楚地知道自己成為徐夫人的希望非常渺茫。

但是她仍不捨離去，用青春賭明天，有時並不是壞事。徐海生能給她的，是一個一輩子只守著她的男人八輩子也賺不回來的財富，這才是最重要的，最有價值的。

女人，要麼要真情，要麼要物質，五千年男權文化的氛圍影響，使她們不稀罕男人的貞操。

「海生。」唐小愛巧笑嫣然地向他走去，踏著雪白溫柔的地毯，頭上的水晶掛燈點綴得如夢似幻，極盡奢華與舒適的氛圍中，一個大美人娉娉婷婷地走來，很是賞心悅目。

「江先生，那先生，這位是唐小姐。」

徐海生微笑著攬住了唐小愛的纖腰，唐小愛整片裸背光亮平滑，沒有半分瑕疵，摸上去富有彈性的嬌嫩肌膚手感非常舒服。

那件禮服剪裁得非常合體，性感優雅的頸子、高聳誘人的胸部、穠纖合度的腰肢，甚至直到腰間的開衩把美麗女體的妖嬈性感顯露無遺，尤其是高檔絲綢包覆下的盈盈美臀，隆起充滿了原始野性的誘惑。

「江先生，那先生，你們好。」唐小愛淺淺一笑，順手撫弄了一下柔順的長髮，烏黑筆直的秀髮從肩頭瀉下，一枚鑲著閃亮細鑽的水藍色蝴蝶髮夾在她的髮絲之間，閃耀著迷人的光輝。

徐海生微微低頭，聽她悄聲耳語幾句，不禁微微一笑，在小愛的碩臀上輕拍一記，笑道：「沒問題，你明天就約人去看好了。我和江先生、那先生還有事談，你去陪陪我們尊貴的女賓。」

「知道了。」唐小愛嫣然一笑，向江、那兩人嫣然一笑，轉過身又搖曳生姿地去了。

三個男人不約而同地盯著她扭腰邁腿的性感動作，眼中露出欣賞和貪欲混合的目光。

徐海生看著她搖曳生姿的美臀，不由聯想她在床上像小狗似的風騷顛篩時的模樣。他剛剛已經和這兩個比他的實力更加強大，而且擁有渾厚政治背景的大亨達成了一致意見，生意上的成功，讓他的性欲顯得特別強烈而易衝動。

「徐先生對女人很有品味啊。」江先生扶了扶眼鏡，微笑道。

徐海生帶著些矜持和得意，暢聲笑道：

「哈哈，看雪思高士，因花戀美人，賞月吟詩曲，煮酒論英雄。咱們一杯在手，今夜不談女人，來來來，到小包廂去，咱們再好好聊聊……」

若男這一陣成了風雲人物，無論是上班還是回家，同事、鄰居都要湊上來說幾句。以前，看了報上的小道消息，大家只在背後議論她，沒人當面說什麼。現在大家都不覺得這是什麼丟人事，反而覺得對她而言，這是一件非常光彩榮耀的事，自然少不了恭喜幾句，勸導一番。

若男快要瘋了，她連晚上都不得安寧，同學、朋友的電話也是接二連三，恭喜者有之，吐口水鄙視者有之，若男越來越鬱悶：那個混蛋這麼欺負我，但是好像所有的人都覺得我占了莫大的便宜似的，這是什麼世界啊？

秦老爺子最近的火氣也小了許多，一方面是受到輿論影響，另一方面也是兒子、兒媳勸說的結果。秦父兩口子比老頭子開明得多，張勝雖說是商人，又結過婚，但是在這世道中，能如他一般捨萬貫家產誠心窮追女兒的男子並不多，這小小瑕疵他們覺得完全可以忽視。

秦若男是有苦難言，更讓她受不了的是秦若蘭的邀請。秦若蘭總是訴說對姐姐的思念，請她去英國陪伴自己。親情攻勢最是難敵，漸漸的，若男開始動搖了一直堅持的想法，可是，需要一個人來鼓勵、堅定她的想法時，張勝偏偏不見了蹤影，也不知是不是被爺爺一頓揍給嚇破了膽，再也不敢登門了。

一輪殘陽紅光滿地，「愛心幼稚園」放學了，家長們推著自行車在門口接孩子，也有開著小車來的。看得出，幼稚園的規模不小。

張勝坐在夕陽下的車裏，陽光斜射進來，雖然玻璃貼著膜，還是有些晃眼，他瞇著眼，任那殘陽照在有些落寞的臉上。

幼稚園園長小璐站在門口，親切地同家長們打招呼，有時還會抱起可愛的小孩子，咯咯笑著讓他親親自己的臉。

她紮著蓬鬆的馬尾辮，穿著一套休閒牛仔裝，整個人顯得青春而富有朝氣。春日的陽光淡淡地灑落她的髮上，肩上，她臉上的神情祥和而從容，一如這春日的陽光。歲月，彷彿在她臉上沒有留下一絲痕跡，她還是像個鄰家女孩一樣，清純、稚嫩。

張勝坐在車裏，看著小璐的笑臉，臉上漸漸露出一絲溫暖的笑意。

小璐的幼稚園辦得很成功，洛菲辦事就是讓人放心，她當初安排的一切滴水不漏，讓小璐無從懷疑這從天而降的一筆「遺產」另有緣由。現在看到小璐真心的笑容和自信開朗的神情，張勝覺得一切苦心都沒有白費，這個從小過苦日子的苦孩子，應該已經走出了自己的陰影吧？

尤其是看到她身旁站著一個看起來陽光帥氣的青年人，兩個人說笑著，非常的親密，張勝心裏酸酸的、暖暖的，就像大口地喝下一杯老酒，它在心裏流動的，便有另一種液體在眼睛裏流動……

他抿著嘴唇笑了笑，發動車子，悄然駛了開去。他來過，看過，卻不想讓她知道，正如他為小璐安排的這家幼稚園。有時候，你為別人做了什麼，不需要讓對方知道，只要達成了你的心願就好。

「小璐姐，我姐姐要生了，明兒我想請假回去一趟。」

小璐開心地笑道：「好啊，要做舅舅了啊，恭喜恭喜。明天下午再走吧，上午我去買點兒東西，給你姐捎上，等你姐再回城裏打工的時候，把孩子也帶來，就住我的幼稚園好了。」

「哎！謝謝你，小璐姐。」鄭璐的弟弟靦腆地笑笑。

「嗯，從幼稚園建成起，你就沒有好好休息過，這次索性多休息幾天吧，把你手上的工作給同事交代一下，在家裏陪陪你姐，我先回辦公室了。」小璐說完，走進了屋裏。

夕陽穿過窗戶，窗台上有一盆月季，兩個花骨朵已欲開放。淡綠的葉子，普通的花盆，因那綠葉中綻放的兩抹鮮豔而顯得生動起來。

小璐欣喜地看看鮮花，提起水壺又淋了幾滴清水，然後在辦公桌前坐下。桌上有一份報紙，報上登載著張勝的大幅照片，以及轟動全國的不愛江山愛美人的故事。

「如果他這樣追求的目標是我，我會不會答應？」

人的一生最寶貴的，是知道所求何物，知道自己想要的是什麼。女人的心態隨著年齡的增長，閱歷的增加，是會漸漸改變的，花季少女要浪漫，青年女性要愛情，成熟女性要一個穩定、富裕的家，但是小璐卻始終不知道自己執著追求的到底是什麼。

手指輕輕在張勝臉上撫過，許久許久，她才幽幽地歎了口氣，把那一頁報紙翻了過去，用女兒小雨笑顏逐開的照片壓在了上面：我們早已越走越遠，完全成為兩個世界的人了，這一生，怕也再沒有機會見上一面了吧。

也許，所求何物，這輩子不一定必須得到，但求凡事盡心，一生坦然。如同千百年來朝拜路上的人一樣，漫漫之路，磕頭長跪，而最終仍不能成佛，但身體得到歷練，心靈得到淨化，得到了自己想要的那份純淨。成不成正果，已經不重要了。

人生之苦，在於所求不得。但是，人生之幸，也在於所求不得。因為那樣，她會在執著與期待中，永遠抱著一線希望。

滄海月明珠有淚，藍田日暖玉生煙。此情可待成追憶，只是當時已惘然。

鍾情在電話裏說：「勝子，你交代給我的事都辦好了，北京和深圳的房產都出售出去了，全家人的護照也都辦好了，你要一起離開嗎？」

張勝說：「不必，你帶他們先過去吧，等我處理好了這邊的事情，我就飛過去。」

「好！」

「情兒。」

「嗯？」

「謝謝你無怨無悔地幫我。」

「你呀，說這個幹什麼？要謝，我該先謝你，無怨無悔地接受我。」

張勝輕輕笑了兩聲，然後說：「情兒，當初是山重水複，如今我被逼得反倒是柳暗花明了。我不要你這麼委屈地跟著我，給我三兩年時間，等一切按部就班，我要給你一個交代。」

鍾情的聲音柔和下來：「勝子，只要你對我好，我就知足了，最近的事，已經很傷腦筋了吧？我還指望你多活幾年呢，可不想你為了我費盡心機。勝子，你有這心就夠了，真的不用為我……」

的人。

張勝放下了電話，心中感慨萬千。這三個女人，都是為他付出良多，此生此世不能辜負和小璐恰恰相反，他覺得，人生一世如草木一秋，到頭來只是一場空，空手而來，空手歸去，曲終人散，人走茶涼，什麼都不過是過眼雲煙，但空的應該是結果，而不是過程。舉世皆醉，唯我獨醒，舉世皆濁，唯我獨清的人永遠只是少數幾個所謂聖賢。古往今來的墨客騷人常求明明白白度一生，然而醒又何哉？濁又何哉？人生之苦，在於所求不得，得到了，便不留遺憾，這個過程便也是果，終此一生豈不快哉！

秦若男感覺今天隊裏的氣氛有點兒古怪。

這幾天，總有人跑到她耳邊不斷聒噪，問她和張勝之間的進展，尤其是檔案室的那個內勤女警宮麗，挺清秀的小姑娘，大概是言情小說看多了，一提起張董事長和她這個灰姑娘的愛情故事，臉上便帶著對張勝花癡般的嚮往和對她的鄙夷，責備她不懂得抓緊機會。

秦若男大吼：「你喜歡你去追他好了！」

宮麗聽了不以為忤，滿眼桃心地道：「我倒想，他也得喜歡我才成。」

氣得秦若男直翻白眼。

而今天，連最饒舌的宮麗也沒有跑來煩她，著實有些古怪。

「若男，外面有人找你。」小李打開門，探頭朝裏邊喊了一句。

「在哪兒？」秦若男抬起頭問道。

「樓門外。」

「切！」秦若男根本不信，今天是什麼日子，當她不知道嗎？

過了一陣兒，傳達室的老劉也拉開了房門：「小秦啊，外面有人找你。」

「嗯？」秦若男有點兒奇怪，老劉師傅這麼大歲數，不可能和她開這種年輕人的玩笑，她合上案卷，起身向外走去。

走到大門外，秦若男左右看看，沒有發現有人站在那兒等她。

刑警隊在十字路口的一邊，對面，是一幢高十二層的商業用樓，朝向十字路口的一面是內凹半圓形的山牆，直到最下面兩層才有門窗，整個樓從這個方向看過去，就像一艘迎風破浪的戰艦，據說這建築是請教過風水大師的。

以前，東北的房屋造型大多都是四四方方的鴿子籠式，這幢建築還算比較新穎。早晨來時，秦若蘭直接騎車從單位後門進去的，沒有看到前邊，此刻才發現那幢樓的山牆整個兒都被一片巨大的白幕攔上了，好像裏邊正在施工似的，下邊還站了一些人，也不知仰著臉在看什麼。

而單位旁邊還是一如既往，完全沒有什麼不同。秦若男左右看看，正想抽身回去，張勝突然不知從哪兒冒了出來，靜靜地站在她旁邊。

「若男，我又來了。」

秦若男緊張地回頭看看，喝道：「你來這兒做什麼，不要來我單位鬧事。」

張勝道：「這兒安全一些，去你家裏，我怕被你爺爺又是一頓好打。」

不知道是不是痛已麻木，秦若男聽了竟有種想笑的感覺。她放鬆語氣，說：「你不用上班，我還要啊，你在這裏鬧事，讓我以後怎麼見人？」

「若男，退一步海闊天空，若蘭應該已經給你打過電話了吧？你也瞭解她的心意，我知道邁出這一步有多難。」

秦若男想起妹妹和她說過的那些體己話：「不要跟我提若蘭，不知道你給她灌了什麼迷魂湯，讓她答應你。」

「若男，你擔心的，我來扛，好不好？」

他忽然拉著秦若男的手腕，大步向街對面走去，秦若男本想掙脫他的手，可是看到他額頭還有一塊烏青的淤痕，那是爺爺下的手，心中不覺一軟，便任他握著，隨著他走過去。

張勝扯住那片布幔的一角，回首看了看若男，然後奮力向下一扯，拉起秦若男向後跑了幾步。

巨大的布幔呼呼獵獵地飄下來，慢慢在地上聚成了一堆，那面內凹半圓的巨大牆體上有一顆巨大的紅心，十六米寬，二十二米高的一顆巨大紅心，紅心上，有一行漂亮的藍色美術字，寫著「我愛秦若男！」字體稍斜，那個驚嘆號更如丘比特的金箭造型，斜穿過紅心，露出尖尖的一角。

秦若男仰著頭，癡癡地看著那幅巨大的圖案，張勝拉起她的手，向前走了幾步，站到了高樓下。

身子一陣搖晃，秦若男急忙抓住張勝的手臂，這才發現自己正在漸漸升起。原來張勝拉著她站到了一個蜘蛛人使用的橫板上，起落架是電動的，正載著他們徐徐升起。

他們漸漸升到了兩層樓高的位置，秦若男這才驚奇地發現，那顆巨大的紅心，竟是用一朵朵鮮豔的玫瑰花組成的，她的身子徐徐上升著，這一輩子她還從沒見過可以在上面隨便翻滾跳躍的玫瑰花的地毯。

這時，起落架經過那行大字，秦若男才看清那行藍色的美術字，是用藍玫瑰花拼成的。兩個人在玫瑰花心的位置停住了，腳下只踩著一塊板子，手裏抓著一根繩子，身子一側有保護欄，由於有風和腳下受力不均，踏板在空中輕輕地搖盪著。

張勝沙啞著嗓子道：「我知道，那些小報胡說八道，讓你很難堪。我做這些舉動，不是為了學那些毛頭小子玩浪漫，而是為了彌補你受的傷害。我讓你這麼傷心，是天意弄人，但是只能由我來彌補，我一腔赤誠，你就原諒我，好不好？」

秦若男眼見張勝臉色蒼白，握著她的手攥得緊緊的，因為用力，指骨部分都繃得發白，心中不覺一軟，語氣有些軟弱地道：「你……你真的這麼……在乎我？」

「當然，你不知道我有多在乎你，還要這麼問？」

秦若男輕歎一聲道：「唉！你……我現在心裏好亂。」她見張勝臉上肌肉有點僵硬，不禁嗔道：「你這是什麼表情？容我考慮都不成？用得著……這麼緊張嗎？」

張勝緊抓著繩子和她的手，說道：「不緊張不成啊！你不緊張嗎？這裡好高，一點安全措施都沒有。」

秦若男呆了呆，忽然忍不住放聲大笑，她的心真是要多苦有多苦，可是張勝費盡心機學著肥皂劇的浪漫作法，總是學得似是而非，充滿笑料。她就是有想哭的心，想怒的意，也只能付之一笑了。

「你別笑！」

她一笑，踏板晃得厲害，秦若男赤手攀岩都絲毫不懼的人，這樣站著當然不怕，可張勝沒那本事，他鬆開若男的手，雙手抓著繩子，蹲下來，慢慢跨坐在了橫板上：「別笑了，被你同事看著，就這麼開心？」

「什麼？」秦若男大吃一驚，她扭頭一看，可不是，刑警大隊辦公大樓許多窗子都開著，許多人趴在窗口，指指點點，談笑風生，自己分明演了一齣好戲給對方看。

「快，快放我下去。」秦若男的臉也白了，她又窘又羞，連忙低聲喝道。

張勝一見，忽然抓住了她的軟肋似的，語氣強硬起來：「你答應我，我才放你下去。」

秦若男用噴火的眸子狠狠瞪張勝：「快放我下去！」

「你先答應，我就放你下去。」

「你不放是不是？好！」秦若男發起狠來，使勁蕩著踏板，就像鞦韆一樣，踏蕩先是輕輕晃動，然後幅度越來越大，張勝嚇得臉色蒼白，卻就是不肯討饒。

他的兩個保鏢叼著煙捲站在下面，看著上面兩個孩子氣的情侶，齊齊搖頭：「咱們老闆真是不讓人省心吶。」

另一個仰著臉說：「我靠，這要是出事，想救也救不了啊，要不要馬上打一一〇啊？」

那短短一條板子越蕩越高，秦若男不怕，張勝卻快嚇瘋了，他咬咬牙，趁著板子蕩起，重又蕩向若男方向時，忽然抓著橫護欄的繩子站了起來，一下子猛撲過去，連若男帶她身後的繩子抱在手中，另一邊的板子頓時翹了起來。

底下圍觀的群眾轟然一陣騷動，待見有驚無險，立即響起一片熱烈的掌聲。一個保鏢一見，立即掏出手機開始打電話：「我靠，一一〇怎麼打不通啊？」

後邊那保鏢抬腿給了他一腳：「員警就不用叫了，對面就是警察局了。」

「你瘋啦？」秦若男怒叫一聲，手肘狠狠拐了他一下。

張勝悶哼一聲。

秦若男又羞又氣，卻不敢用力擊打張勝，生怕他脫手真的摔下去。

也許是因為女人骨子裏都天生有種喜歡被男人征服的感覺吧，方才張勝軟語肯求，這時張勝霸道起來，一副蠻不講理的樣子，她反而生出了一種屈服的念頭，而且，很喜歡這感覺。有種女人，是吃硬不吃軟的，秦若男無疑就是這樣的女孩。

在如潮觀者的熱烈掌聲中，起落架徐徐降下，兩個人順利著陸。

秦若男滿面紅霞，恨不得找個地縫鑽進去，張勝卻得意洋洋，像隻打了勝仗的公雞。他終於號準了秦若男的脈，知道怎麼才能降服她了，若蘭吃軟、若男吃硬，這丫頭骨子裏大概是有點兒受虐情結的。

若男一雙秋水似的眸子帶點兒古怪地看他，在張勝伸手拉她時，突然出手握住張勝的手腕，一擰一壓，一個漂亮的擒拿動作，牢牢地把他摁住了。

「喂，你做什麼？」張勝痛得直叫。

秦若男斥道：「四月一號跑來跟我說這些，你還說是真心的？」

張勝求饒：「我已經被命運愚弄過多少次了，從此不過愚人節！」

期貨市場的發展越來越波瀾壯闊，這股巨大的洪流，讓張勝和徐海生從發起者變成了兩個參與者，高手如雲的背景下，就連他們也已無法左右局勢。

同張勝站在同一陣營的主要是北京幫，他們做多，主要是從政治、經濟分析形勢、進行研判的結果，他們也認為數年的期貨熊市該結束了，做期貨，看準趨勢，便有暴利可賺。其中當然不乏一些其他原因，比如和不同派系利益集團的角逐、競爭。

當初同徐海生在鄭州期貨上交過手的那位太子黨，就堅定地站在多方，成了張勝的戰友，如果說其中沒有一點兒個人感情因素，似乎也不可能。

五月初，張勝派往東北產區秘密收購大豆現貨的人基本完成任務，足足一百萬噸大豆現貨被他們吃下，牛市氣氛初現端倪。大豆價格突破橫盤三年的箱體底部，開始逐步上漲。

而此時鋒頭最健的是小麥，由於當年五月一場倒春寒，處在抽穗期的小麥遭遇一場嚴重的凍害，受供需關係影響，小麥價格從一千一百元每噸起步，在連續幾年減產、政策利好和周邊品種上漲的刺激下價格迅速攀升。它的崛起掩蓋了大豆穩定的、如同爬樓梯似的堅決上攻態勢，沒有引起徐海生對大豆的足夠重視，還以為是板塊聯動效應。

此後，美國乃至整個南美地區大豆減產的消息傳來，進一步刺激了大豆期貨品種的上漲，大豆和小麥成為兩隻領頭羊，以波浪式進二退一的穩健方式反覆上漲，堅拒回調，空方不斷加大保證金投入，增倉打壓，仍不能遏制這一態勢。

徐海生開始有一種成為獵物的驚怵感覺……

空方主將們注意到了事態的嚴重，他們在上海召開會議，彙集來自全國各地空方陣營的寡頭大亨，仔細研判大勢，訂立攻守同盟。徐海生當仁不讓，成為會議的發起者之一，眼見來自全國各地的期貨業界實力強大的眾多機構老總，徐海生心中大定，這海上，他不再是孤獨的一條船，而是一支龐大的艦隊，鹿死誰手，尚未可料呢。

多方不甘示弱，隨即在北京召開會議，同樣召集堅決看多後市的機構主力，制定了統一行動計畫，並推舉幾位教父級的人物擔當首領。

雙方陣營在期貨市場上資金過億的主將摩肩接踵，數千萬元資金的小兄弟更是不計其數，至於百萬以下資產的小戶，就算高呼口號宣誓效忠，也沒資格進入會場，更無法得到雙方會議的詳細內容，他們只能根據自己的判斷，在市場上選擇一方作為投效對象，與之共進退。

這一仗的慘烈，不亞於真正的戰場！

參與其中的，不只是各大財團，還有他們背後的政治勢力，財力龐大的黑幫組織。如今，徐海生已被自己牢牢地綁在這輛戰車上，想退都不可能了。

一條龐大的戰爭線，任何一個堡壘被攻破，就可能引起連鎖反應，怎麼辦？攻守同盟起了作用，做空做多雙方的勢力集團，即便明知必敗的也不敢脫身出局，或者反水投靠對方，每個機構當家做主的大人物身邊，總有幾個若有若無的身影二十四小時尾隨，誰敢背棄同盟，立有黑槍加身。

沒有硝煙，卻槍林彈雨，在這場戰爭中，首先充當炮灰的就是跟風散戶，他們資金量有限，哪裏打得起這種消耗戰？

屋漏偏逢連夜雨，期銅也跟著湊熱鬧了，在連續創下幾年新低之後，期銅在全球電信網路系統升級、需求量大增的國際利好消息刺激下，銅價也開始震盪走高，徹底突破自一九九九年以來形成的一千四百至一千八百美元的震盪箱體，報復性上漲，到八月末已經上漲到兩千六百美元每噸的幾年來的歷史高位，而且仍在繼續上漲，不斷創下新高。

至此，大部分人都已看出形勢逆轉，整個期貨市場已經變成了多方市場，中小機構和散戶開始紛紛加入張勝這一方的多方陣營。聚沙成塔，這些散戶資金量雖少，但是全國有這麼多散戶，蟻多咬死象，一旦團結起來，那是很恐怖的一股力量。

空方機構們現在已經無法回頭了，如果此時抽身，他們能走，但是每個機構的財產都將縮水一半以上，這是令人難以容忍的損失。而且，由於同盟關係的建立，他們不能自由退出，又不可能達成一致意見，如果發生內鬥，後果不堪設想，於是，在猜忌和互相監控的情形下，他們只能硬著頭皮走下去。

他們現在只能寄希望於國際形勢突變，或者將多方能量耗盡，從而逆現貨市場之勢，強行反向運行。這個時間雖短，但是足以讓他們反敗為勝了。

所以，他們沒有選擇，只能悲壯地繼續投入，當一個本來是市場上翻手為雲、覆手為雨，如神一般的存在只能寄希望於連他也無從預測的命運時，那悲劇還會遠麼？

大豆漲到了每噸三千七百四十元每噸，小麥漲到了每噸一千八百二十元，其他品種也不斷上漲，市場做空散戶消失殆盡，當初傾向空方的千萬元級機構灰飛煙滅，獨撐危局扮擊天柱大哥的只剩下徐海生和以上海集團為首的超級主力了。

可是他們的財產也在不斷縮水，百億機構變成十億機構，億元機構變成千萬機構，除非出現奇蹟，否則他們將成為歷史記錄上的一個符號。在這個傳奇的時代，許多幾年前還蹲在路邊吃便當的人成了億萬富豪，命運的輪盤現在似乎有把他們送回出發點的打算。

「徐先生，我們平倉吧！」艾戈心驚肉跳地說。

他是黑社會，可是黑社會的錢也不是大風刮來的啊，眼見投資就要全軍覆沒，艾戈心痛如絞。

沒有玩過權證和期貨的人，永遠無法想像財富增加和縮水的速度就像吹個泡泡糖那麼簡單，這個賭場，才是世界上最大的賭場，比世界四大賭場的交易額加起來還要龐大的賭場。

「清倉？」徐海生從電腦螢幕上慢慢收回目光，抬起頭來。他一向最注重形象，可是一向風流瀟灑的他，現在也滿眼血絲、頷下有寸長的鬍渣。

艾戈臉上顯出一絲酷厲之色：「徐先生，我也是混黑道的，我就不信，那些大人物的手下就有三頭六臂？現在明擺著是送死，咱們不能再拚了。留得青山在，何愁沒柴燒，他張勝能東山再起，咱們就不能？徐先生，清倉吧，我護著你走，保證不會讓你挨他們的黑槍。」

徐海生一聲怪笑：「我的錢現在已不到原來的十分之一，你叫我清倉？清了倉怎麼辦？向我投資的，有些是簽了保本協定的，我的錢要全部拿去償還他們？被打回原形，你知道是什麼滋味嗎？」

他按著桌子，目光呆滯地移回螢幕，喃喃道：「就算是妖精，也不喜歡被打回原形。」

「那……那把我的錢抽回來！」艾戈咬咬牙，不再那麼恭敬了：「我不想賭下去，能回來多少算多少，把我的錢還我。」

徐海生一把揪住他的衣領，大吼道：「混蛋！老子給你賺錢的時候，你怎麼沒有要求抽資？人人都像你這樣，一盤散沙，成得了什麼氣候？」

這時電話響起來，徐海生看了一眼，直接將話線扯斷，要求撤回投資的，何止是艾戈一個。

他困獸似的在房間裏走動，說道：「大家都在堅持，就看誰能堅持到最後。我就不信，他們拉一兩個品種容易，他們拉到整個期貨市場上漲，而且是連續不斷的單邊上漲，他們到底有多大的資金量？不走，不能走，對方一定和我一樣就要崩潰了，狹路相逢勇者勝，誰堅持到最後，勝利就是誰的。」

艾戈看著他，冷冷地扯扯衣領，淡淡說道：「我是粗人，我不懂得期貨，不過……我聽你說過一句話，覺得很有道理，逆天而行，必遭天譴！現在的走勢，我覺得繼續做空，就是逆天。」

「你懂個屁！」徐海生獰笑：「我命在我不在天，只要我的力量夠強大，我想呼風風便起，我想喚雨雨便來，我，就是天！」

電腦發出了提示，徐海生趕緊撲到螢幕前，拿起了耳機。

他們這些超級機構主力為了行動一致，隨時交流意見，是開著網路會議的。

「你出去吧，我徐海生大江大浪見得多了，險死還生的事也不是沒有過，這一次，我還是不會敗！」

艾戈猶豫了一下，眼見徐海生一臉的倨傲自信，也不知道該不該相信他，最終，他還是重重地跺了跺腳，轉身走了出去。

同別人交流了一下意見，彼此眼中都有一些恐懼和絕望，卻互相說著鼓勵打氣的話，他們除了堅持、等待，也沒有別的路可走了。徐海生交流完畢，關閉視訊，想打電話給期交所繼續增倉，可是他已經抽不出錢來交保證金了，現在形勢如此，期交所的領導雖是他的哥兒們，怎麼可能敢押上身家性命陪他冒險？

仔細想了半晌，他終於頹然歎了口氣。

這時，ＱＱ突然閃動起來，一個陌生人，只有一句話：「徐哥，是我！」

徐海生幾乎沒有絲毫猶豫，就已意識到這個人是誰了。

「他怎麼知道我的號碼？」徐海生倒抽一口冷氣，遲疑一下，才按了接受。

然後是視訊申請，兩個人，隔著網路遙遙相望。

相視凝望片刻，張勝深深吸了口氣，臉上露出輕鬆的笑意。徐海生從桌上摸到一盒煙，拿出一支點上，臉上也是滿不在乎的笑意。

「徐哥，好久不見了啊。」張勝感慨地一歎：「一別經年，物是人非。往昔種種，如在眼前啊。」

這話有點兒耳熟，徐海生突然臉上脹熱，有種被羞辱的感覺。他記得，這話他曾以一個勝利者的姿態對張勝說過，在他誆出鍾情，誘來張勝時，對他說過。

「徐哥的萬里江山，即將不保。作為兄弟，我很好奇，不知道像你這樣眼中只有利益，從來不曾在乎感情的人，失去了你最重要的東西，會是一種什麼心情？」

「是麼？」徐海生一揚眉：「勝負尚未可料，老弟，你高興得早了點兒。」

張勝笑笑：「那我們……就拭目以待。」

徐海生掃了一眼盤面，目光微微一縮。張勝看在眼裏，嘴邊露出一絲耐人尋味的笑意：「徐哥，今天坐在這兒，遙想當年，真是如在夢中啊。我們在小飯店門口下棋的時候，恐怕都不會想到有今時今日的境遇啊。」

徐海生面噙冷笑，一言不發。

「來，徐哥，咱們再下一盤。一面下棋，一面博弈……」

張勝傳過來一個網址，徐海生點開，是一個線上象棋遊戲。

畫面打開，還有一陣節奏優美的音樂傳來，徐海生並不知道那是一九九六年呂頌賢版《笑傲江湖》中的琴嘯合奏，只是覺得那樂曲輕鬆中隱泛殺伐之氣。

「請長者先行。」

「好！」

徐海生也不客套，「啪」的一聲架上了當頭炮，張勝立即起炮相迎。

徐海生一詫，竟是以攻對攻。

平常的習慣和行為，和一個人的性格有著極大的關係。性格決定命運，張勝竟然一改舊習，以攻對攻？

「嘖嘖嘖，呀，老弟啊，你這棋藝不止沒有進步，而且捨長取短，以你所不擅長的方式下棋，好不淒慘啊！」

徐海生惋惜地搖頭，張勝只剩下一馬數卒，而他卻是軍馬炮俱在，這盤棋閉著眼下，張勝也輸定了。

他沒有繼續下棋，而是抬眼看著張勝，淡笑道：「還要繼續下麼？」

張勝笑笑：「不用，我輸了。」

徐海生得意一笑，張勝道：「下棋，我輸了。沒關係，可以重新來過！」

他點了一下「認輸」，棋子飛快地落回原位，整個棋盤復原如新。

張勝又道：「而人生，你輸了，你還有機會重新來過麼？」

徐海生臉上的笑容消失了：「張勝，你是不是太自信了？」

「自信，來自於準確的判斷！你現在卻已完全是賭博。徐兄，你一向喜歡擺佈別人的命運，從來沒有想過自己也淪為命運的棋子時，是何等的無奈吧。」

張勝點起一支煙：「我敗了，有人扶我保我、有人隨我跟我，你呢？你的心裏從來沒有過別人，以前是孤家寡人，以後也是孤家寡人，永遠都是。一個孤家寡人，你高高在上的時候，還有奴才像狗一樣供你驅使，可是當你從權力寶座上摔下來的時候，你連狗都不如。」

他悠悠地噴出一口煙，煙霧繚繞，模糊了面容：「徐海生，大局已定，我要出國，開始我新的人生。我的路剛剛開始，你的路卻已到盡頭，棋已下完，生者生，死者死，各安天命吧！」

張勝微笑著合上手提電腦，旁邊的秦若男輕輕道：「現在就走麼？」

「現在就走！」

張勝笑著說：「這架『首相一號』不錯吧？我跟長沙的張先生借的，同宗同祖，兄弟一家嘛。國內對私人飛機的限制太多，飛機我買得起，用著卻一點兒不方便。等出去後，我也買一架豪華噴氣式飛機周遊世界。」

「用的機會又不多，不要花那錢了，光維護費就不知要多少，需要時乘坐航空公司的飛機就成了。」

「呵呵。」張勝眨眨眼笑，「放心吧，雖然我把周氏家族的財富交了出去，不過這一次財富大洗牌，不知多少億萬富豪折戟沉沙，同時也不知有多少新的億萬富翁站了起來。而我，目前的全部收益都歸我所有，我財產的增幅說出來會讓你興奮得一晚上睡不著覺。」

秦若男被他一說，臉蛋兒有點紅，她不好意思地掠掠頭髮，又道：「事情還未完全結束，現在就走好麼？」

「放心吧，大事已成定局，現在只是等結果而已，洛菲完全處理得來。」

秦若男撇撇嘴，有點兒醋意地道：「她還真是你的紅顏知己呢，你們……你們朝夕相處，同床共榻那麼久，真的沒碰過她？」

女人太愛吃醋男人傷腦筋，女人完全不吃醋男人會更傷腦筋。不傷大雅的醋意，反會增加女人的風情和男人的興趣，張勝見她嬌俏的模樣不禁失笑：「當然沒有，但是你知道我在報上公開宣佈放棄巨額財富後，有多少女孩寄寫真照片給我，願意做我的生活伴侶？」

「去去去，當你是香餑餑呢，都搶你是不是？」

飛機啟動了，短暫的衝刺後，機體一輕沖霄而起，機體呈三十度角傾斜向上，陽光耀眼而入。

「我還真是不給自己留一條退路啊！」徐海生瞪著一對血紅的眼睛看著盤面慘笑。

他早該知道，張勝挑這個時間與他聯絡，向他攤牌，今天就必然有所舉動。

果然，下午一開盤，就像是吹響了衝鋒號，所有期貨品種發動了全面進攻，如同綁在了火箭上，漲停的比比皆是。還未閉市，他就收到消息，申萬宏老總眼見大勢不妙，顧不得當初訂立的攻守同盟，立即指令清倉，隨即調走公司六千萬鉅款，拿上護照想逃之夭夭。

但是在去機場的路上他出了「意外」，座駕被一輛大型機動車輾成了廢鐵，他不但沒有逃走，還把家人也連累了，妻子和十六歲的女兒同車喪命。

徐海生失魂落魄地站起來，行屍走肉般向門口走去。

樓下負責監視所有同盟者的那些神秘人已經消失了。

這一仗，他們已經敗了，即便那些具有黑道或政界背景的幾個強大人物，也沒有本事力挽狂瀾，因為多方的主力在黑白兩道的影響並不遜於他們。

更可怕的是，當一切浮出水面時，他們才發現，許多在經濟領域涉足較少的神秘人物這次也異乎尋常地參與了進來，並且明裏暗裏，在政策、輿論等方面為多方大開方便之門。

這些大人物敗過一次並不要緊，只要手中有權，他們就能東山再起。他們不理解的是這些以前或保持中立、或不太關心資本市場的勢力因誰而來，這才是他們最關心的事。他們感到似乎多方有人比他們來頭更大，或者動用了什麼他們完全不瞭解的人脈關係，所以在大局已定之後，他們立即召回了自己的人馬。

徐海生推開門，發現走廊裏站著幾個黑西裝的男子，他們是艾戈的人，一向跟著徐海生，身前身後供他驅使，為他奔走。但是這時看到徐海生，他們臉上卻沒有了以往的恭敬，一見他出來，一個刀疤臉便迎上來，皮笑肉不笑地說：

「徐先生，外邊不怎麼太平，艾哥說，你還是待在裏邊安全一些。」

其他幾個人也湊了過來，目中隱隱泛著殘忍的凶光。

徐海生全明白了，他靜靜地站了一會兒，重新關上了門。

徐海生走進浴室，洗了個澡，刮了鬍子，打扮得利利索索的，穿上西裝，對鏡一照，仍是風度翩翩。

徐海生默立良久，苦笑一聲，拿起領帶想打上，終是沒了心情，他長歎一聲，拎著領帶出來，往桌上一丟，點上了一支煙。

這時房門一開，唐小愛興沖沖地走了進來。

她知道最近徐海生正在做一樁大買賣，具體情形她沒打聽，她正忙著自己的事呢。她已經相中了一套海濱別墅，徐海生付了款，名字落的是她的，徐海生又慷慨解囊讓她大肆裝修，如今新居裝修好了，她特地趕來讓自己的男人分享喜悅。

「海生！」唐小愛興奮地叫，見徐海生穿得整整齊齊地坐在桌面，笑道：「怎麼，今天又有酒會應酬麼？」

徐海生輕哼一聲，沒有說話。

唐小愛走過去，站在他椅後，輕輕環住他的脖子，在他臉上吻了一下，喜滋滋地說：

「海生，我們的濱海別墅已經裝修好了。」

「唔……」

「你不開心？」唐小愛俏皮地往他耳朵裏吹氣，用性感誘惑至極的語調低語，「人家還特意為你買了一張進口大床喔，床上有機關的，可以擺好多種性愛姿勢。」

「哼，」徐海生笑了，「你這麼喜歡被人幹？」

「瞧你！」唐小愛嬌嗔地推了他一下，「幹嗎說得這麼難聽啊？」

「難聽麼，這叫直接。」

「真是的，人家……還不是體諒你嘛，這樣你輕鬆些呀。」

徐海生心裏突然湧起一股慾火，他一下子站了起來，把唐小愛摁在桌上，也不脫她的上衣，便去撕扯她的筒裙。唐小愛又羞又笑地扭著渾圓結實的屁股：「你做什麼呀，又不是沒見過女人的愣頭青，這麼急的？」

徐海生把她的裙子扯開，蕾絲內褲使勁往下一扯，露出圓潤飽滿的豐臀，「啪」地使勁拍了一巴掌，在唐小愛的嬌呼聲中喘著粗氣說：「你是老子的女人，我喜歡什麼時候搞，就什麼時候搞，不滿意麼？」

「別……不是……」唐小愛稍稍感到自尊受辱，她咬了咬唇，說，「我沒關門，外邊……有人的。」

「他們？」徐海生大笑，「他們不過是我養的一群狗，丟根骨頭給他們，就得向我搖尾巴。人做什麼，需要看狗的臉色麼？」

說著，他扯住唐小愛的頭髮，像騎著一匹牝馬，狠狠地刺進了那銷魂的胴體。

「海……海生……」唐小愛氣喘吁吁地叫，臉上一片嫣紅，「你今天……怎麼……怎麼這麼勇猛，啊，快受不了啦……」

徐海生抓起桌上的杜松子酒，狠狠灌了一大口，頭有些暈眩，下體卻更加膨脹了，他狠狠地撞擊著，下體撞擊臀肉，發出「啪啪」的聲音：「老子哪天不勇猛？嗯?!」

他又狠灌一口酒，酒瓶丟開，摔到柔軟的地毯上，滾出好遠，眼睛瞥見桌上那條領帶，他突然惡念陡生，拿過領帶便勒在唐小愛細嫩的脖子上，像勒著馬韁，更瘋狂地聳動起來。

「一起死，讓她陪我一起死！」這個瘋狂的念頭，在徐海生的腦海裏久久盤旋……

唐小愛乘著電梯下到一樓時，仍有點兒頭暈眼花的感覺。她揉揉脖子，嘴角有抹滿足之後的春情和嫵媚。

方才徐海生太瘋狂了，差點兒勒死她，可是她喜歡，她相信是個女人都喜歡。

女人天生長就駄骨，她是相信這一點的。男人在她身上如此瘋狂地運動，會令她產生一種莫名的滿足和衝動感，那是女人身體價值的體現，是她的男人對她身體的迷戀。被強悍的男人征服，誰說不是一種快感？

不過，他今天真是古怪，瘋狂地發洩完了，還赤裸著下體呢，就扮起了道學先生，一本正經地告訴她什麼女人當自強，不要用身體來換取幸福，不要把命運寄託在色相上。

真是莫名其妙，也不知道他是不是喝多了，他平時不就是用錢買女人麼？我唐小愛要是不圖錢，又怎麼會讓他這種年紀的男人盡情享用我的身體？

唐小愛好笑地搖搖頭，掏出自己的寶馬車鑰匙，走出大廈門口。

她正想穿過馬路，走到對面自己的停車位去，耳邊突然傳來一聲「砰」的巨響，碎玻璃片到處飛濺。

唐小愛愕然抬頭看去，只見樓下停著的一輛賓士車頂都被砸凹了，一個西裝男子摔在上面，鮮血沿著車體蜿蜒如蛇，向下緩緩爬動。

許多車子響起了警報，不少目睹此景的人驚訝地跑了過來，唐小愛愣了一下，也馬上跑過去，她覺得那人的衣服有點兒眼熟。

片刻的工夫，人群中響起唐小愛尖銳瘋狂的叫聲：「啊！」

張勝和鍾情的婚禮在世界十大婚禮城市之卡薩布蘭卡舉行。這座白色經典之城是摩洛哥第一大城市，好萊塢電影《北非諜影》讓這座白色之城世界聞名。

張勝已與若男和若蘭這對姐妹花先後成親，生米煮成了熟飯才先斬後奏，又是在摩洛哥舉行婚禮，國內根本沒有傳回什麼消息，再加上張勝送了秦老爺子一份大禮，把他的大哥從香港接回去，這個老頭子對姐妹同嫁、一夫多妻全無意見，他輕描淡寫的態度，也讓秦家人發不得脾氣。

想想若蘭已是殘廢之身，一生孤苦，能夠嫁給張勝這個超級富豪也算終生有靠，再加上張勝另一個妻子是她自幼感情甚是親密的親姐妹，也不會受了冷落欺負，一家人也就默許了。

無怨無悔任從張勝擺佈的鍾情，始終亙在他的心裏，尋了一個合適的機會，張勝把他和鍾情一直以來的故事說給若男姐妹聽，希望她們能夠原諒和接受。若男姐妹身處這個國家，接觸的許多家庭都是一夫多妻，氛圍與國內不同，眾多家庭的坦然和對她們姐妹與丈夫的關係毫無異樣態度的熱情，使她們最終接受了鍾情。

當然，若蘭是不肯承認自己看他求得可憐才心軟的，她說：「不是說妻不如妾、妾不如偷呢，哼哼，我答應，就是不想讓你享受偷情的快感！」

張勝連連垂首認罪，承認老婆的英明偉大與正確，終逗得她笑出聲來，這便開始籌備婚事。

由於連娶多妻畢竟與國內多年來的觀念不同，為免親人尷尬，張勝同若男姐妹成親、乃至同鍾情成親，都沒有邀請國內親屬參加，只是寄回了一份豐厚的聘禮給她的家人。

本來，鍾情過了門，和若男、若蘭今後就是一個屋簷下的姐妹，誰料千算萬算，算漏了一件事：張勝在帶著若蘭周遊世界時，夜夜歡愛，並未做避孕，當時想的是如果若蘭始終不肯回心轉意，待有了孩子，說不定她便會心軟，那一趟浪漫之旅已讓她珠胎暗結。

但是沒想到偏偏在今天張勝和鍾情成親時，她卻突然有了產子的徵兆，若男只得在家裏陪著妹妹。

「啊！」秦若蘭攥著雙拳，銀牙緊咬，正在使盡吃奶的勁兒想把自己的小寶寶生出來。

醫生在一旁，觀察著她的血壓、心跳和孩子的情形。她畢竟是半癱的人，雖說只是淤血壓迫了運動神經，而神經過於纖細又不能動手術，其實下體還有部分知覺，比如痛感、冷熱等等，只是不能指揮肌肉運動而已，但是腹部和腿部肌肉畢竟因運動量小而有些鬆弛，如果一旦她無法獨自完成生育過程，就得及時開刀了。

幸好，若蘭的物理康復沒有白做，在盆腔肌肉不斷地收縮擠壓下，「哇」的一聲響亮的啼哭，張家長子長孫閃亮登場了。

「妹妹，生了，生了。」秦若男握著妹妹汗津津的手，眼見妹妹受的苦，不禁眼圈發紅，鼻子酸酸的。

秦若蘭心裏卻充滿了一種巨大的滿足感和幸福感，那誕生的是她的骨肉。

她好想抱抱兒子，可是醫生正在做著剪臍帶、消毒、清洗等工作，而且她也沒有那個力氣，她只能幸福地握住姐姐的手，感受著來自於她的體溫，盼望著醫生儘快把兒子抱到眼前，讓她看到兒子第一眼。

用力過度加上失血過多，讓她有種眩暈感，一陣陣睏意襲來，眼皮越來越重：「不行，我一定要先看看兒子再睡！」

聽著兒子嘹亮的哭聲，若蘭握緊姐姐的手，虛弱地說：「姐……你……扶我一下……我想看看兒子……」

秦若男沒有回答，秦若蘭奇怪地扭頭看看姐姐，只見秦若男雙目圓睜，驚愕地盯著她的下體，臉上也不知是驚是喜，好半天，她才驚叫出來：「天吶，你……你的腿……」

澄澈碧藍的湖水，在微風中蕩起陣陣鱗波，陽光照射在湖面上，泛起無數顆星星般明滅不斷的亮光。湖邊，椰樹與蘆葦交相掩映，風姿婆娑，而湖的對面，卻是曲線柔得像絲綢的萬里黃沙，美麗無法言喻。

這是撒哈拉大沙漠裏的一片綠洲，像是天的影子，是沙漠的眼，也是星星沐浴的樂園，更是張勝一家人幸福的所在。

湖邊，支著五六頂白色的帳篷，旁邊還停著一輛四輪驅動越野車，帳篷前鋪著華麗柔軟的阿拉伯地毯，地上支著大遮陽傘，傘下有個小几案，案上擺著幾盤水靈靈的葡萄和其他時令水果。鍾情穿著比基尼，戴著墨鏡，身上塗著防曬油，小麥色的肌膚健康誘人，柔腴動人的玉體橫陳，正在毯上午睡。

旁邊一個美麗的阿拉伯少女正輕輕搖著一個搖籃，裏邊睡著一個白白胖胖的小寶寶，藕節似的小胖手抱著腦袋，兩條白白胖胖的大腿半蜷著，睡得十分可愛。

張勝張大老爺穿著肥衫短褲，躺在湖邊，蹺著二郎腿，一張寬大的樹葉蓋在臉上，懶洋洋地聽著MP3，身旁支著一副釣竿，好一副羨煞旁人的悠哉垂釣圖。

他把在澳門的賭場進行了調整，由侯賽因擔任了董事長，他的目的只是賺錢而已，侯賽因經營賭場確實比他在行，那何必不肯放權？多給他一些權力，就會多給他一些賺錢的能力，似乎此坐享其成，有點兒厚顏無恥。所以，張勝擔負起了兩人開在摩洛哥的賭場管理工作，此外，他的工作重心就放在了網上賭場，他相信巴茨王國二王子的話，總有一天，網路博彩將成為全球博彩業的主流。

此外，他還有許多實業和投資，其餘的錢則創建了一支委託投資基金，交給專業人士去打理，他則成了銀行之後的銀行，放貸贏利。

儘管已經盡可能地把繁雜事務全推了出去，其實他還是非常忙的。別的大家族早就形成了一條家族工作流程，家族內部誰負責什麼，都有一定的分工，而他成為億萬富豪的時間太短，家族內部沒有可用的人才，於是，這龐大的擔子就落到了秦若蘭身上。

此時，秦若蘭姐妹正坐在帳篷裏，一人一台手提電腦，算賬算得焦頭爛額。

「唉！這傢伙，他倒悠閒，說帶我們出來散心，累的還不是我們姐倆？」秦若男捶著小蠻腰道。

秦若蘭苦著臉說：「沒辦法呀，真要不管你放心啊？這可都是咱們家的產業。唉，又是基金、又是債券、又是房地產、又是珠寶生意，老姐，我只是一個護士好不好！」

秦若男翻翻白眼，說道：「你不懂，我就懂了麼？讓我抓賊沒問題，我哪會打理這種家務啊？」

秦若蘭若有所思地說：「噯，姐，你說……咱們要不要把周洛菲那小丫頭弄進家裏來？她可是世家出身，這些事駕輕就熟啊。」

秦若男吃驚地道：「什麼？喂，你還嫌老公女人不多啊，還要往家領？」

秦若蘭道：「一個也是趕，兩個也是放，又不是讓他三宮六院沒完沒了，他想多娶，教規也不允許啊。或許在這裏見多了類似的家庭，也能和和睦睦地生活在一起吧。唉！當初我們還不是死活不答應？環境，對人思想的影響真是大得可怕。」

「我想過了，洛菲不往家領……，他們就沒有聯繫麼？三天兩頭一個電話，誰知道他們都聊些什麼，老公的心啊，得拴在家裏才放心，在眼皮子底下，反而踏實一點，你說呢？」

她掰著手指頭給姐姐算起了賬：

「還有啊，你看，咱們家的產業，如果聘請專業人士代為打理，一年是多少錢？至少要付給他三百萬的美金年薪，如果把周洛菲娶回來當管家婆，這一下子全省了。」

「而且，請外人管，你放不放心？不請外人，讓咱們和情姐三個外行管，賠一次就是讓人做夢都心疼的一大筆數目啊。最重要的是，有她在，咱倆就解脫啦，要不然，他還不天天陪著鍾情姐？」

秦若男抿嘴直笑：「誰叫你不如情姐會討男人喜歡？對了，你的雙腿已經痊癒的事，可以告訴老公了嗎？」

秦若蘭甜甜一笑：「過幾天吧，剛恢復的時候，走路好難看，而且也沒力氣，還不如不會走呢。」她伸出一條粉光致致、毫無瑕疵的修長玉腿屈伸了一下，小腳丫俏皮地扭了扭，咯咯笑道：「姐，你看，全恢復了。唉，真是折磨人啊，要是早知道懷孕生孩子對脊柱的擠壓能把那淤血擠散恢復正常，我早就生孩子了，哪會一坐兩年。」

秦若男笑道：「那時老公還沒和你聯繫上吧，你跟誰生？」

秦若蘭哼了一聲，翹起下巴道：「人家借種……成不成啊？」

「好呀你，竟敢不守婦道，大刑侍候！」秦若男格格笑著搔她癢。

「噯呀呀，這就扮起大婦的威風啦，我可是你親妹妹。」

「那我就大義滅親！」姐妹倆笑鬧成一團。

「什麼，你說……你說若蘭的雙腿已經恢復正常了？」張勝不敢置信地叫，剛剛釣起的一尾魚撲通一聲落回湖裏，濺起幾顆珍珠，然後在火紅的夕陽下搖頭擺尾地去了。

秦若男笑盈盈地說：「嗯，她想痊癒後再告訴你，給你一個驚喜。去吧，她在帳篷裏等你。」

張勝立刻丟開釣竿，拔腿向若蘭的帳篷奔去。

「若蘭！」張勝撲進若蘭的帳篷，立即看到了令他驚喜萬分的一幕，她穿著件薄如蟬翼的緋色阿拉伯風情內衣，嬌豔欲滴的胴體妙相隱現。最重要的是，她是站著的。

張勝心懷激蕩，站在那兒半天說不出話來。

秦若蘭站在那兒，讓老公放肆的目光任意在她身上流連，然後背起手，向他調皮地歪頭一笑：「老公，我的身材……沒走樣吧？」

由於背著手，她的胸誇張地向前挺起，在她踮了腳尖愈發顯得修長的身體上呈現出一種妖異的美麗。

張勝遏制不住心中的激動，一下子撲了上去，在她一聲嬌呼聲中，兩人一齊倒在了軟綿綿的榻上。只這一碰，便覺那酥胸分外柔嫩和飽滿，而且由於哺乳，更顯成熟圓潤。她被張勝攬在懷裏，那漂亮的乳房便在一呼一吸間微微彈動，還有淡淡的乳香。

張勝忍不住把臉貼上去溫柔地觸覺著，愛戀無限地撫摸著妻子的嬌軀，柔聲道：「若蘭，你居然站起來了，居然站起來了，這是上帝……啊，是真主賜給我最好的禮物，是多少財富都換不來的最珍貴的禮物。」

秦若蘭被丈夫愛撫，臉上紅暈頓起，眼睛裏卻有一抹小婦人的溫柔和嫵媚。

張勝使勁頂著若蘭柔軟的小腹。在性上，若蘭主動而奔放，但是自她分娩後，兩人還一直沒有親熱過，今天她穿成這樣，明顯是在暗示從今天開始禁令解除，可以揚帆遠航了嘛。

德國漢堡的一家造船廠，一個造船碼頭，工人正在忙碌地建造著一艘名為「星光號」的豪華遊艇。這艘遊艇的設計規模極為豪華，配備兩個直升機停機坪、幾個熱水浴盆、一個游泳池、三條快艇和一艘私人潛水艇。出於安全因素考慮，遊艇還將配備動作感應裝置和一個特殊的導彈偵測系統。

這是華裔摩洛哥賭界大亨張勝訂制的一艘超豪華游輪，遊完了撒哈拉大沙漠，他準備帶全家人去地中海玩兩個月，同時，他還邀請了情同小妹的周洛菲。

張勝和鍾情趕到造船廠，聽廠家介紹了遊輪的建造進程，並提出了一些新的想法，要求在後期配備設施上予以改造。離開造船廠，兩人便趕去一個拍賣會，聽說拍賣會上有幾件中國珍品，中國古玩在世界上正逐漸受到重視，價格漸漸攀升起來，如果能買到幾件真正的珍品，無疑是保值的一個好手段。

在場的，只有張勝和鍾情一對東方人。張勝一身西裝倒也罷了，倒是鍾情，穿了一件湖水藍的旗袍，簡約的線條，把她窈窕的腰身、豐盈的臀部、修長的大腿，勾勒出最完美的曲線。這種東方女性特有的柔美一亮相，便吸引了許多男士欣賞的目光。

也因此，較晚趕到的兩個人得到了一個比較靠前的位置。台上，正在拍賣幾幅油畫，張勝不太感興趣，趁隙給秦氏姐妹打了個電話，兩姐妹已經帶著兒子去了尼古拉斯城堡，她們在那裏等著張勝，準備會合後回國一趟，帶孩子去見見秦家長輩。

打完電話，鍾情瞟了張勝一眼，遲疑一下，問道：「勝子，等回國，你要不要去看看小璐？」

張勝怔了一下，答道：「我上次……去過了，她現在生活得很好。」

鍾情幽幽歎了口氣，沒有再說話。

過了一陣兒，反倒是張勝忍不住了：「怎麼……突然提起她？」

鍾情瞟了他一眼，低聲說：「前些天，我母親生病，我不是回國一趟嗎？在省城，我恰好碰到她了，兩個人聊了幾句……」

「怎麼？」

「沒怎麼，就是……你們兩個……畢竟是我當初親眼看見，你們患難之中是如何互相支持、互相扶助，感情是如何恩愛。我自己苦過，推己知人……重見舊人時，有些黯然神傷罷了。」

張勝深深吸了口氣，沉默不語。

台上正在拍賣一柄中國古劍，拍賣師解說道：

「這柄劍經專家鑒定，為越王勾踐佩劍。這柄錯金劍劍身精美，內嵌金絲，花紋細膩；劍長五十八釐米，劍身呈暗褐色，鑄劍風格是春秋時吳越一帶的特點，劍鋒鋒利，吹毛斷髮，是一件極鋒利的兵器，劍身至今不鏽。」

「劍體上嵌有兩行用錯金鑲嵌技術、用金絲鑲成的篆體字，寫的是『越王勾踐，自作用劍』，它的收藏價值還在一九六五年中國湖北江陵出土的那柄越王劍之上，這柄劍曾在中國深圳拍賣會上拍出一億元人民幣的天價，後輾轉流失出國。此次，本拍賣會有幸得到這件寶物，起拍價格六百五十萬美元，加價五十萬美元，現在開始！」

張勝舉了下手中的牌子，台上拍賣師喊道：「Z十八號客人，七百萬美元！」

鍾情端莊優雅地坐著，看著台上的越王劍，像耳語似的輕輕又說了一句：「她還一直單身呢，不知還有多少青春可以在等待中供她蹉跎……」

張勝專注地看著台上的越王劍，好像根本沒有聽到，有人喊價，他又舉了下牌子。只是不經意地，他頰上的肌肉飛快地抽搐了幾下：那個冬夜、那一天的焰火、那冰糖葫蘆、那人生初吻……

他突然覺得眼睛鼻子有些發酸，急忙站起來，一邊掏煙，一邊快步走向側面的吸煙室。鍾情凝眸前視，不聲不語，默默地替他舉了一下牌子……

溫州，東湖花園，周家別墅。

周洛菲坐在椅後，桌前站著她的堂弟，一個精明而樸實、勤快的青年。

周洛菲十指交叉，笑望著堂弟：「洛雲，你不用太緊張，我已經帶了你一年，公司中高層也培養了一大批中堅骨幹，如果只是守成，你沒問題的，再歷練幾年，想把事業繼續做大，我相信你也辦得到。」

她笑盈盈地轉身看向一邊，當初扮健忘症戲弄張勝的周書凱周老爺子正坐在沙發上抽煙。周洛菲笑著說：「而且，我三顧茅廬，把堂叔公請出了山，有他幫你，沒問題吧？」

周洛雲緊張地舔舔嘴唇：「是，姐，我……我盡力而為，可要有啥解決不了的事，我還得找你。」

周洛菲靈巧地轉動指間的鋼筆，微微一笑說：「沒問題！叔公，洛雲，那就這樣，今天，我就離開了。」

周洛雲問道：「姐，你要去哪兒呀？」

洛菲指間轉動的筆一下子停住了，她輕咬嘴唇，有些失神地看著窗外的清波碧水，好半晌，才若有所思地笑笑：「我想去……北非花園摩洛哥看看，去撒哈拉大沙漠徒步旅行，去地中海愛琴海揚帆破浪……之後，也許浪跡天涯，也許定居彼岸，誰知道呢？」

全書完

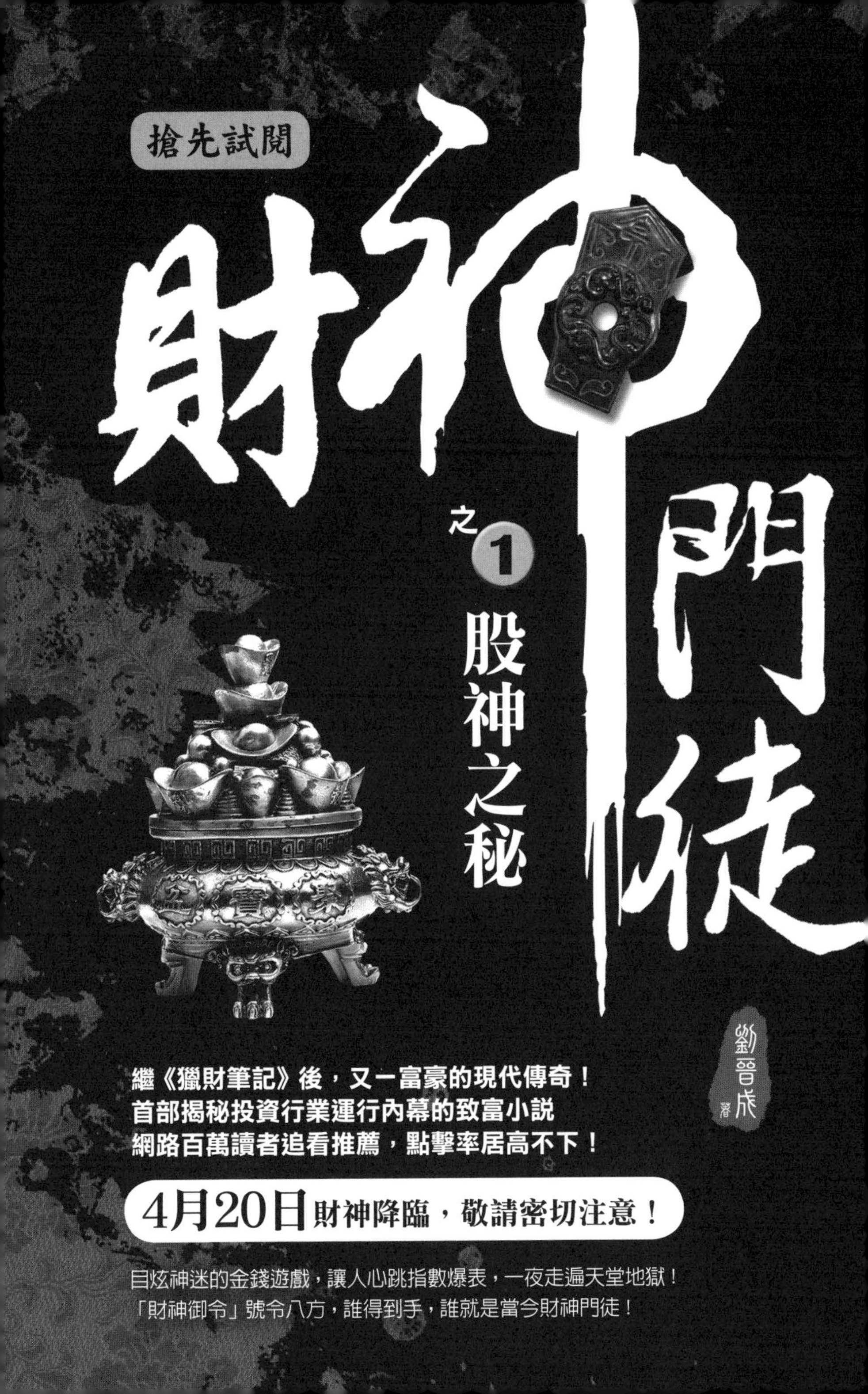
搶先試閱
財神門徒
之1
股神之秘
劉晉成 著
繼《獵財筆記》後，又一富豪的現代傳奇！
首部揭秘投資行業運行內幕的致富小説
網路百萬讀者追看推薦，點擊率居高不下！
4月20日財神降臨，敬請密切注意！
目炫神迷的金錢遊戲，讓人心跳指數爆表，一夜走遍天堂地獄！
「財神御令」號令八方，誰得到手，誰就是當今財神門徒！

七月的蘇城，空氣中流動著一種令人躁動不安的氣息。

林東覺得有些喘不過氣，胸口很悶，扯了扯箍在頸上的領帶，抬頭看了看壓得很低的天空，烏雲上方似乎正醞釀著一場狂風暴雨。

不知不覺已經走到了公司樓下，抬頭看了一眼公司的招牌，「元和證券」四個字映入眼簾，只覺壓在胸口的石頭更加沉了。

剛打算進電梯上樓，口袋裏的手機忽然響了，一看號碼，是大學時的室友李庭松打來的。林東走進了電梯旁邊的樓道，靠在欄杆上，接通了電話。

「喂，老大，最近怎麼樣啊？」電話那頭傳來李庭松興奮的聲音。

「就那樣，瞎混。」林東很不想回答這個問題，也最害怕回答這個問題。大學裏品學兼優、出盡風頭的那個林東，現在風光不再，已經快落魄到交不起房租的地步了。

李庭松與林東在學校裏的關係很好，所以每逢有什麼喜事的時候都會第一時間打電話給他。因此，林東清楚地知道他第一次交女朋友、第一次親吻女生的時間。

「老大，我升職了，剛才我們老闆找我，和我聊了天，估計正式通知下周就會出來。」

聽到李庭松升職的好消息，林東心裏的感覺很複雜，有高興，有沮喪，甚至有些氣憤。

作為好兄弟，林東當然替李庭松感到高興。但在他眼中，李庭松只是個公子哥，和溫室裏的花朵一樣，一點苦都沒吃過，就連在大學裏的考試，每次都是靠他幫忙才避免被當的噩運。但是李庭松命比他好，有一個當官的老爹和一個經商的老媽，家裏有錢有勢，畢業之後，直接進了蘇城的政府機關。

「老三，好好幹，老大替你高興。」

李庭松在電話裏眉飛色舞地說著，東拉西扯，說一些同學的近況。林東「嗯嗯」地應付著，十幾分鐘後，終於等到李庭松沒話講了。

掛了電話，林東深深吸了一口氣，心緒波動，勾起了無數回憶……

大學畢業之後，林東沒有回到老家懷城。他習慣了蘇城的繁華，夢想著憑自己的能力有一天能在這座城市站穩腳跟，打拚出屬於自己的一片天地。但是現實是殘忍的，畢業後一個月的時間，他到處投簡歷找工作，花了三百多塊錢，窮到兜裏只剩下不到五百塊錢，又交了三百塊錢房租，吃飯的錢都不夠了，真的是到了山窮水盡的地步。

形勢逼人自強，他只好先去一家公司做倉管，每個月一千五，住在倉庫裏，一日三餐都不花錢。

畢業半年之後，林東接到了爸爸的電話，村長把他家的聘禮退了回來。想到四年前的光景，他唏噓不已。

那時候，林東考上了大學，成為柳林莊第一個考上大學的人，村裏人都說林東是跳出了農門，不用再過面朝黃土背朝天的日子了。村長柳大海的女兒柳枝兒和林東青梅竹馬，從小一起長大。那個夏天，柳大海主動上門，訂下了林東與柳枝兒的婚事。

柳大海本以為把女兒嫁給一個大學生，自己也能跟著沾光，後來知道了林東現在的工作與收入，腸子都悔青了，不顧柳枝兒強烈反對，向林家提出了悔婚。

林東的父母無奈之下也只好答應。過了不久，柳大海就替自己找好了親家，聽說是鄉裏的什麼幹部。後來他收到了一封柳枝兒的來信，信封裏裝著一塊真絲手帕，那手帕是林東大一寒假從蘇城帶到老家送給她的，手帕的空白處，有一團模模糊糊的紅字，勉強可以辨認出是「忘了我」三個血字。

十指連心，手指流出來的血是從心裏來的。拿著曾被柳枝兒眼淚浸透的手帕，從不流淚的林東哭得稀哩嘩啦，知道柳枝兒是愛他的，只是沒錢，他們就不可能有未來。

林東大病了一場，一下子瘦了十五斤。好了之後，他幡然醒悟，意識到金錢的重要性，毅然決然辭了倉管員這份工作，然後逛遍了各個招聘網站，投了很多份簡歷。

後來接到一家公司的面試電話，對方說出了公司的名稱，林東一下子就想了起來，因為當時流覽網頁的時候，這家公司的招聘廣告很有吸引力，「一年買車兩年買房」，衝著這個，林東好好準備了一番，順利通過了面試。經過一個星期的培訓，林東高分通過了從業考試，拿到了證券業從業資格。

正式入職之後，明白了公司的考核制度，半年之內，客戶資產必須要達到三百萬，否則的話就被淘汰。林東很努力，每天在銀行駐點的時候，都很積極地行銷，但是連續四年的下跌行情，已經使許多股民失去了信心，空倉不操作股票的人居多。

與他同時進公司的同事大多是本地人，靠著固有的人脈關係，有的一個月就做到了三百萬客戶資產，完成了公司考核。而他不是蘇城本地人，沒有客戶資源，只能靠自己一步一步累積，因此進展十分緩慢。

「哎，林東，是你呀，在這兒發什麼呆呢？趕緊上樓去吧，四點半要開會。」高倩打斷了林東的回憶。林東一抬頭，看到的竟是高倩豐滿的後臀。這個蘇城本地的女孩熱情開朗，有些嬰兒肥，為了消耗脂肪，一直走樓梯上下樓。

「你今天怎麼也走樓梯？難不成也要減肥？」高倩的話很多，好像跟每個人都很熟。

林東不能把心事告訴她，撒了個謊，說道：「好久沒鍛鍊了，爬爬樓運動運動。咦，高倩，你今天看起來很開心啊？」

高倩回頭對他一笑：「悄悄告訴你，我今天賣了十萬塊錢任務基金，能拿到一千兩百塊提成呢。」

林東擠出一絲笑容：「那恭喜你了，高倩。」

兩人聊著就到了六樓，各自回到辦公桌上。鄰桌的同事徐立仁，也是與林東同時進公司的，正在電腦上鬥地主。徐立仁家境不錯，有好些有錢的親戚，進公司一個月就完成了三百萬的考核。在元和證券這樣一家以結果為導向的公司，只要業績好，上班的時間別說可以打遊戲，就算回家睡大覺，也不會有人管你。

公司的例會從四點半開到了五點半。例會結束之後，林東接到了頂頭上司郭凱的電話，要他去辦公室一趟。這時，公司的同事開始陸續下班回家，林東敲開了郭凱辦公室的門。

「郭經理，你找我？」林東進了郭凱的辦公室，郭凱指了指對面的座椅，示意他坐下。

郭凱進證券行業差不多五年了，熊市牛市都經歷過，曾經在牛市的時候也發過一筆財，可以說，在做客戶方面很有經驗。

「小林，最近遇到了什麼問題？」郭凱開門見山，直接發問。

林東搖搖頭，不是他沒有問題，而是他的問題一直都存在，而且解決不了。

「小林，你是公司最努力的同事，這一點不僅是我，三位老總也都看在眼裏。你也知道公司的制度，不會因為你一個人而改變，所以……」

郭凱說到這裏，沒往下說，他實在不忍心打擊這個面前的小夥子。林東雖然沒有背景，但是郭凱一直都很看好他，在他眼裏，林東是個沉穩冷靜、肯努力、願做事的員工，這樣的員工，正是所有公司都缺少的人。

林東明白他的意思：「我進了淘汰的黑名單，我知道該怎麼做的，明天我會主動離職。」林東在回公司的路上已經收到了公司群發的飛信，他的名字赫然就在淘汰名單之列。

郭凱歎了口氣：「別急著辦離職，還有半個月你才入職滿半年。林東，別的不多說了，我希望你能留下來。」

在遭受了很多同事的冷眼之後，聽到郭凱這番話，林東的心裏很感動。就算半個月後還是難免被淘汰，他也要堅持到底，不到最後一刻，絕不能自己先放棄。

從公司到租住的房子要坐五十分鐘的公車，林東下車的時候已經七點鐘了。他住的這片叫大豐新村，放眼望去，儘是一片連一片的低矮平房，就是人們常說的城中村，住在這裏的都是從外地來蘇城打工的。

林東為了省錢，租的那間平房只有八個平方米。

起風了，林東頓時覺得涼快了許多。他並不急著回去，此刻是大豐新村最熱鬧的時候，到處都是擺攤的小販，空氣中飄蕩著各地風味小吃的味道。林東花三塊錢買了一塊蛋餅作為晚飯，一邊啃著蛋餅，一邊往前面的舊書攤走去。

蹲在攤前翻了一會兒書，還是以前看過的那些書，頓時沒了興趣，轉眼一瞧，舊書攤旁還有一個攤位，擺了一些古玩玉石之類的東西。他以前從沒見過這個小攤，不禁來到古玩攤前，撥弄起那一堆生了綠鏽的銅板。

「小夥子，需要點什麼？我這兒都是好東西啊。」那攤主是個七十歲左右的老頭，手裏把玩著一把紫砂茶壺，瞇著眼睛。

林東心裏納悶，附近的居民都是每日為生活奔波勞碌的農民工，這老頭竟然來城中村賣古玩，如果不是瞎了眼，就一定是賣假貨的騙子。

「別碰那些銅臭的東西，太髒了。來，這個適合你。」也不見那老頭如何出手，一個玉片模樣的東西落在了林東的面前。

林東將那玉片撿起仔細看了看，玉片跟撲克牌差不多大，中上方有個可以穿掛繩的小孔，厚度大約有三十毫米。他不懂玉，也不知道是不是真玉，只覺得捏著玉片的手冰涼冰涼，很是舒服。

「小夥子，你骨骼清奇，與這冰清玉潔之物最搭配。既然有緣遇到，可不要錯過了。」

林東也不知為什麼，脫口而出問道：「這塊玉多少錢？」

「兩百。」那老頭眯著眼，伸出兩根手指。

這價格林東根本承受不起，放下玉片，起身準備回家。那老頭忽然睜開了眼睛，打眼往他身上一瞧，笑道：「既然有緣，價格好說嘛。你開個價吧。」

不知怎的，林東像是被迷住了心智，目光就是離不開那塊玉片。

「一百塊。」林東試探性地報出了價格。

「好，成交。」沒想到那老頭一口答應了下來，趕緊把玉片包好遞給了林東，林東百般不捨地從褲兜裏摸出了一張票子給了他。

回到了住處，林東打了一桶涼水沖了個澡，一下子涼快了許多，過了十幾分鐘，只覺胸口更加煩悶。躺在床上，手裏拿著那塊玉片，忽然清醒了過來，後悔不迭，怎麼會花一百塊錢買這東西？那可是他十天的飯錢啊！

「真他娘的敗家！」林東心疼那一百塊錢，狠狠給了自己兩個耳光。

夏日的夜晚總是難熬，已經晚上十點多了，林東躺在床上翻來覆去，一點睡意都沒有，房間裏實在是太熱了，就連風扇裏吹出的風都是熱的。那玉片被他丟在一邊，黑暗中，玉片裏面似乎有細流湧動，發出淡淡的清輝。

林東翻了個身，眼睛正好對準玉片所在的位置，忽然覺得一道涼氣吹到臉上，睜眼一看，黑暗中，那玉片清輝繚繞，散發出冰涼之氣。

他一驚，翻身坐了起來，一把抓住玉片，一隻手頓時涼透了，冰冷舒爽的感覺傳遍了全身。定睛細看，玉片裏面不知有什麼液體在緩緩流動，表面的清輝似乎是從玉片內部溢出來的一般。林東大感詫異，心中駭然，心想這玉片十分古怪，應該不是尋常的東西。

「難道我時來運轉，地攤上撿到寶物了？」

林東閉著眼睛躺在床上，腦袋裏充滿了幻想，決定明天去玉器行找懂玉的人鑒定一下，說不定真是個稀罕的古董，那就發達了。

黑暗中，那玉片靜靜躺在林東的胸口上，玉片表面裹著一團清輝，彷彿暗流一般慢慢湧動，一絲一絲透過毛孔滲入了他的體內，那感覺舒服極了，就像三伏天在老家後面的河水裏游泳一樣。

第二天，林東早早地醒了，睜眼一看，剛到五點。林東平時都得睡到七點鐘鬧鐘響的時候，但是今天竟然提早兩個小時醒了，而且精力充沛，沒有絲毫的疲憊感，真是奇怪。

林東起身準備下床，看到了貼在胸口的那塊玉片，拿起來一看，玉片似乎發生了變化，裏面的液體竟然成了一個房子模樣的圖案。林東清楚地記得，昨天晚上睡前玉片裏面是什麼圖案也沒有的。

太邪門了，林東簡直不敢相信自己的眼睛，玉片竟然會變化。

洗漱完畢，林東找了根紅繩，把玉片掛在脖子上，拎著包上班去了。

今早，林東正在ＱＱ上與一個潛在客戶聯繫。

「小林，今天有什麼好股票推薦推薦？最近帳戶裏還有幾十萬資金，閒置著太可惜了。」對話方塊裏彈出了兩行字，林東看了看，沒想到聊了半天，又繞到了這個問題上。

林東雙手放在鍵盤上，內心糾結，不知道該不該向客戶推薦股票，晨會上推的股票肯定是不考慮的，分析師估計是收了莊家的錢，老是推薦莊家將要出貨的股票。推薦哪支票呢？

林東已經決定了，兵行險招，如果瞎貓碰到死耗子，推薦的股票大漲，這個客戶基本上就做成了。

這時，感到胸口一涼，林東想到了早上在玉片上看到的房子圖案，一咬牙，賭一把，就推地產股！林東進了地產板塊，挑了兩支前期跌得厲害的地產股，一支是石龍股份，另一支是大通地產。他對這兩支股票並不瞭解，就連這兩個公司在什麼地方都不知道。

「錢先生，今天關注一下石龍股份和大通地產。」林東一旦決定了，就不遲疑，啪啪啪敲了幾下鍵盤，發送了出去，接著，林東就去了駐點的銀行。

在銀行一直待到四點鐘，回到公司，林東打開電腦準備看一下今天的行情。旁邊的徐立仁早就回來了，正對著滿螢幕的紅紅綠綠唉聲歎氣。

「哎喲，我的大通地產，真悲劇，上午剛割肉，下午竟然就漲停了。」

林東坐在他的旁邊，清清楚楚聽到徐立仁說大通地產漲停了，有些激動，那不正是他早上推薦的兩支股票的其中一支嗎？林東默默深吸了口氣，點開了桌面上的炒股軟體，先是輸入了大通地產的代碼，這支股票可以說是低開高走，早上開盤到下午兩點鐘的時候都在縮量下跌，兩點過後，迅速拉升，三十萬大單直接封上漲停！

天啊，運氣不會那麼好吧？

林東繼而又輸入了石龍股份的代碼，跳到了石龍股份的介面，只覺一道熱血湧上腦門，簡直不敢相信自己的眼睛。同樣的低開高走，石龍股份今天的走勢幾乎與大通地產一模一樣，也是在下午兩點鐘之後迅速拉升，二十五萬大單封上了漲停！

獵財筆記 之八 大浪淘沙

作者：月關
發行人：陳曉林
出版所：風雲時代出版股份有限公司
地址：105台北市民生東路五段178號7樓之3
風雲書網：http://www.eastbooks.com.tw
官方部落格：http://eastbooks.pixnet.net/blog
Facebook：http://www.facebook.com/h7560949
信箱：h7560949@ms15.hinet.net
郵撥帳號：12043291
服務專線：(02)27560949
傳真專線：(02)27653799
執行主編：劉宇青
美術編輯：許惠芳

法律顧問：永然法律事務所 李永然律師
北辰著作權事務所 蕭雄淋律師

版權授權：蔡雷平
初版日期：2015年4月
初版二刷：2015年4月20日
ISBN：978-986-352-119-8

總 經 銷：成信文化事業股份有限公司
地　　址：新北市新店區中正路四維巷二弄2號4樓
電　　話：(02)2219-2080

行政院新聞局局版台業字第3595號 營利事業統一編號22759935

定價：280元　特價：199元

國家圖書館出版品預行編目資料

獵財筆記 ／ 月關著. -- 初版-- 臺北市：風雲時代，
2014.12 -- 冊；公分

ISBN 978-986-352-119-8（第8冊；平裝）

857.7　　103021581